キャンピングカーが
運んだ小さな奇跡

幸せ
ジャンクション

Happy Junction

香住 泰

Tai Kasumi

Discover

CONTENTS

キャンピングカーの旅
ロードマップ
START
Day 1
❶川西IC
❷東京IC
Day 2
❸調布IC
Day 3
❹松本IC
❺美濃加茂IC
Day 4
❻京都東IC
❼京都南IC
❽西宮IC
GOAL
…… 往路
…… 復路

第 1 章

突然の出会い

一

勤め先である運送会社の玄関前が何だか騒がしい。見知らぬ人間が何人か中を覗き込もうとしているが、入口が施錠されているのか、進入はできていない。それが彼らの不満を増長させているようにも見える。

建物の周囲に止められているはずの大型貨物自動車の数も少ない。貨物車といってもいろいろな種類があるが、松河《まつかわ》運送の場合は、一般にハコと呼ばれる、荷痛みを防ぐための密閉構造の荷台を持つ、アルミの有蓋貨物車が主だ。この朝の時間帯、まだ、出発している車両は多くないはずなのだが。

浜浦遼二《はまうらりょうじ》は、帰省土産の紙袋を提げながら、玄関に近づいていった。昨日まで、高齢の叔父の見舞いを兼ねて、京都府舞鶴市へ帰省していたのだ。月曜は休みをもらい、土日月を挟んで四日ぶりの出社だった。

建物はプレハブに毛が生えた程度の二階建て。表面の塗装が色あせている。一階が事務所スペースで、二階が主に運転手の待機、休憩場所であった。早朝出発に備えての仮眠もできるようになっている。

「おい、お前、ここの人間か」

派手なネクタイの男が振り返り、浜浦に食ってかかるように詰め寄ってきた。見た目は中年だが、赤く染めた髪が怪しい。

「ええ、そうですが、お宅は？」

「債権者や。さっさとこの扉を開けんかい」

相手は突拍子もないことを言う。

「債権者というと、どういうことですか」

「どうもこうもない。お前とこの会社は倒産したんや。みな、借金を踏み倒されて困っとるんやないかい」

他の人間も浜浦を取り囲もうと集まってきた。ざっと十五、六人はいるだろう。どの顔も怒りと焦りで醜く歪められている。ほとんどが初老で貧相に見える男たちだ。福々しい顔は見当たらない。

「はよ、鍵を開けい。何ぞめぼしいもんでもあれば、持って帰らなあかんのや」

「いや、わたしは一介の配車係でして、入口の鍵は持ってません。それをするのは、毎日、社長の役目ですから」

「その社長がおらんから、こうなっとるんや。ぐずぐず言わんと、はよ、開けさらせ」

他の男たちも同調して、浜浦を責め立てるが、どうしようもない。事実、五十歳から十年間この会社にお世話になっているが、玄関の鍵など開けたことがないのだ。

「ほな、松河社長に連絡を取れ。すぐに来るように言うんや。昨日から、わしらでは連絡がつかんのじゃ」

赤毛の言に、他の男たちもみんなしてうなずく。その圧力に抗しきれず、浜浦はスマホを取り出して、社長の携帯に電話をかけた。が、電源が切られているようだ。

「通じませんね」

精一杯、困惑した表情を浮かべて見せ、首を捻りながら、浜浦は全員の顔を見回した。視線の先に、失望の波が広がっていく。中には、本当に困っている人もいるに違いない。修理工場の親父など、見覚えのある顔もなくはない。だが、なぜ、突然、倒産することになったのか、浜浦には皆目見当がつかなかった。

配車、配送の手配や運行管理以外の業務にタッチしたことはない。財務も経理も、すべて社長一人の宰領で成り立っている会社だった。実際の支払い事務や庶務的な仕事は、社長の奥さんが担当しており、帳簿整理や決算処理は税理士任せだった。長いつき合いの得意先がしっかりしており、給料の遅配もなかったし、年に二回、わずかではあるがボーナスも出ていた。どれほどの借金を抱えていたのか、松河社長がどれほど資金繰りに苦慮していたのか、全く想像したこともなかった。そんな気配を見せたことがない社長だった。

時間は経過していくが、事態は進展しない。そのうち諦めて帰る男もいれば、あたふたと新たにやって来る者もいる。集団の総数はほぼ変わらない。十数人いるはずの運転手の姿はなぜか見えなかった。彼らには、予めこのことが伝えられていたのだろうか。

浜浦を追及してもどうにもならないと思ったのか、包囲は次第に緩み、こちらへの関心が薄れていった。赤毛を中心に、今後の方策を議論する輪ができつつあった。その隙に、浜浦はそっと集団を抜け出し、元来たＪＲ尼崎の駅に向かった。

何がなんだか分からないが、十年勤めた会社が霧消したらしいことは認識できた。六十歳になって、新たな職探しが必至の状況となる。面倒この上ないし、前途に相当な困難が予想される。それが憂鬱だった。

昨日までの五月晴れが嘘のような厚く重い曇り空の下を、浜浦はあれこれと取り留めのない思考を巡らしながら二十分ほどかけて駅前近くまで歩き、ふと前を見て気がついた。正面から歩いてきた男が、右手にある昔ながらの喫茶店に入っていく。その灰色の作業服は見慣れていた。

ゆっくりと後を追い、店の中に足を踏み入れる。懐かしい趣の、奥に細長い店だ。客は少ない。左側にカウンター席。右側にテーブル席が縦列に並んでいる。最奥の席に四人の男がひっそりと座っていた。作業服の男は四人に手を振り、手前の空いた席に腰を下ろした。浜浦も追いつき、作業服の向かいに座を占めた。誰もが驚いたように顔を上げたが、浜浦を認めてうなずいた。先の四人も、作業服の一人も、全員松河運送に雇われていた運転手だった。

店の女性が注文をとりにきたので、ホットコーヒーを頼む。前の作業服は指を二本立てた。

「ホットを二つですね」

念押しをして、女性が去っていった。

「どういうことですか」

誰にともなく、浜浦は質問を口にした。誰もが苦い薬でも飲んだような顔をしている。

「うちの会社は倒産したんですか。債権者が会社を取り囲んでました」

再度、少しばかり声量を上げて問いかけた。

「そうや」

先の四人のうち、奥にいた須藤《すどう》という最年長の男が答えてくれた。ずんぐりとコアラのような体型で、ドングリのような目に愛敬がある面相だ。

「どうして知ってるんですか」

「社長から電話をもろた。あんたのところへは電話はなかったんか」

意外だったように眉を上げている。

「ありません。いつのことですか」

「一昨日や。日曜の夕方やったな」

須藤によると、社長は、『会社を急に畳むことになったんで、悪いが、了解してほしい。ついては、今月分の給料と退職金の代わりにトラックを持って帰ってくれ。他の必要な退職関連の書類は、後日、自宅へ郵送しとく』と言ってきたそうな。トラックは売るなと使うなと好きにしてよい。名義変更の書類も用意してある。各自一台あて手配しておいた、とのことだった。

他の四人も同じ内容の電話をもらったそうだ。

「浜浦はんに連絡がなかったとはなあ。あんたは社長の信頼が厚かったと思うたがなあ」

浜浦自身もそう思っていた。裏切られた感がなくもない。先週の金曜日までは、そんな気配は毛ほども感じなかった。親戚の見舞いで月曜を休みたいと社長に話したときも、『配車や運送計画は、自分が差配するから心配するな』と快く休暇を認めてくれた。三日休んで、今日が火曜日だ。土日の間に、会社を続けられない事態が勃発したというのか。

「皆さんは、電話で連絡を受けられた。後は、トラックをもらって帰ればよいだけですのに、どうしてここに」

角刈りの白髪頭をかきながら、須藤は目を瞬いてから、唇をなめた。

「それなんや。実は、社長からはできるだけ早うにトラックを持って帰れと言われとった。多くの者《もん》は昨日のうちにトラックを持ち去ったようや。ここにおる者は、昨日、どうしても都合がつかんで、今朝になって、会社に顔を出した。そしたら、早うからあの騒ぎや。浜浦はんも見たやろ。債権者たらいう奴らの集団を。あれでは、とてもトラックを持ち出すことができん。それどころか、奴らに捕まって散々責められたがな。ようようのことで、ここまで逃げてきたんや。こっちの四人はそういうことや。後から来た米《よね》やんは、わしが電話で知らせた。あんなとこへ、のこのこ行ったらあかんで、とな」

作業服の米やんは、うんうんとうなずいている。

それで貨物車の数が少ない理由が分かった。残った数台は、ここにいる彼らのために用意されたものだろう。だが、今となっては、うまく持ち出せるか怪しいものだ。

運ばれたコーヒーを口に寄せながら、浜浦は頭を働かせる。

「社長は電話で、どうして会社を畳むことになったか、その理由を言っておられましたか」

「いいや、よんどころない事情で、としか聞いてない。なあ」

須藤が隣の河原《かわはら》に顔を向ける。

「わしにも、そう言うた」

河原の返事と同時に、みなが同様に首を上下させた。どの顔も暗い。

彼らの困却は単純だ。どうしたら社長からもらうはずのトラックをすんなり手に入れることができるか、それに尽きる。それができないと、たちまち生活に困るものもいるだろう。トラックさえ入手できれば、売って当面の生活費に充てることもできるし、トラック持ち込みの形で運送の仕事を続けることもできる。だが、このままでは、債権者が立ち去らない限りトラックの収得は難しかろう。

「浜浦はん、何ぞええ知恵がおまへんやろか」

全員の無言の思いを代表するかのように、須藤が口を開いた。みんなの期待の視線が浜浦に集中する。

「トラックの持ち出しですね。キーはいつものところですか」

「そや、事務所のキーボックスにあるはずや」

「ということは、事務所に入らないとダメですね。入口の鍵はあるんですか」

「電話で社長から聞いたんや。裏口の鍵が横の植木鉢の下に置いてあるから、それを使えと」

「なるほど。債権者集団さえいなくなれば、運び出しは可能ですね」

「夜になったら、帰りよるやろか」

「いや、入れ替わり立ち替わりに、誰ぞが来るのと違いますか。そのうち、どうにかしてトラックも持っていかれるでしょう。残された貴重な会社資産ですから」

「そら、困る。あれはわしらの退職金や。浜浦はん、どないかならんかなあ」

「頼みます。浜浦さん」「何とか助けてください」「お願いしますわ」

みんなが口々に浜浦に頼ろうとする。そのような濃密な関係ではなかったはずなのだが。

これまでの十年、こうした頼み事をされたことがない。頼んでも無駄という雰囲気をまとって生きてきた。仮に何か頼まれたとしても、おそらく断っていたのではないか。ただ、今回だけは、別かもしれない。頼んでも受けないと分かっていて、それでも頼んでくる。彼らも明日からの生活がかかっており、それだけ必死の思いなのだ。

成りゆき上、放ってはおけなくなった。要は、会社の前にたむろしている債権者を立ち去らせたらよいのだ。思いついたのは粗雑な案だが、やるしかなかろう。成功するかしないかは、時の運だ。

「分かりました。では、こうしましょうか」

みんなの目が浜浦に向けられた。

「すみません。ちょっと、よろしいか」

会社の前で塊となっている集団の背中に呼びかけた。

「こら、お前、どこへ逃げとった」

赤毛がすぐに振り返り、険しい眼差しを向けてきた。

「いえいえ、逃げたなんて……皆さんが社長をお捜しのようなので……」

「連絡がついたんか。どこや。どこにおる」

突っ込むように目の前に赤毛がやって来た。他の者も赤毛に追従し、一瞬で浜浦は血走った目の群れに取り囲まれた。

「お捜しのようなので、お伝えしたほうがよいかと」

「当たり前じゃ。はよ言え。どこにおるんじゃ」

赤毛が正面から浜浦の両肩を揺さぶった。

「お待ちください。そんな無体なことをされたら、言いたくても言えません」

それで、両肩から赤毛の手が離れた。

「そやから、どこにおんねん、お前とこの社長は」

「はい。あれからＪＲ尼崎駅まで戻ったんですが、ふと前を見たら、社長が喫茶店に入るところでした」

「何やと、どこの喫茶店や」

「そこの道を本通りに出て、真っ直ぐ駅の方向に歩いていったら、駅前の右手側にある古い感じの喫茶店です。名前まで覚えてませんが」

「それやったら、『喫茶ラーギ』ちゃうか」

誰かの声が聞こえた。

「そんな名前だったような気がします」

「よっしゃ。そこにおるんやな。行くぞっ！」

右手の拳を天に突き出し、赤毛が掛け声を発する。「おう」と周りが応じた。

群れが移動を始めた。小走りに先頭を行く赤毛に従い、全員が会社の敷地を出て、本通りに向かっていく。徐々に群れの速度が上がっていった。

気がつけば、会社の玄関前には浜浦一人が取り残されていた。親指と人差し指で輪を作り、ヒューと指笛を吹く。それを受けて、どこからともなく人影が湧き出てきた。喫茶店にいた須藤ら五人の運転手だ。

「急いで。今しかありませんよ」

素早い動きで裏口に回り、各自、事務室に飛び込んでいった。浜浦も後に続き、若干の私物を机の引き出しから持ち出した。上着のポケットに入る程度のものしかない。

外に出ると、須藤らも貨物車のキーと置いていた私物を持って出てきた。全員が出たのを見届けて、浜浦は再び施錠し、鍵を植木鉢の下に放り込んだ。走って運転手を追う。どのトラックがあてがわれたのか、それぞれが把握できているようだ。経験年数などから、社長がバランスよく決めたのだろう。文句を言うものはいなかった。自分のトラックに駆け寄ると、すぐにエンジンを始動させ、順に出ていく。

「浜浦さん、おおきに」

「ありがとう、助かったわ」

それぞれが窓を開け、運転席から浜浦に感謝の声をかけていく。その都度、浜浦は手を振って返した。

最後に一番新しく大きな有蓋貨物車が動き出し、浜浦の横で止まった。須藤のトラックだ。

「浜浦はん、乗っていきいな。途中まで送るさかい」

窓から半身を乗り出して声をかけてくる。

「はあ、でも……」

「また、尼崎駅へ向かったら、あいつらと鉢合わせするぞ。遠慮せんと乗っていき」

それもそうだと思い直した。よじ登るようにして助手席に座ると、須藤がにこっと笑った。

「まさか、あんたに助けられることになるとはなあ」

須藤はトラックを発進させた。

「きっちり仕事をするだけの真面目人間で、必要なこと以外は何もせん男やと思うとったわ」

「概ね間違ってはおりません」

「いやいや、あんなハッタリをかますことができるとは想像もせんかった」

ハッタリというほどのことではない。

「笑ったとこなんかを見せたことのない超堅物のあんたが、ややこしい奴らをあれほど見事に騙くらかしてくれた。すかっとしたで」

須藤はご満悦だった。それにしても、口さがないとは、こういうことか。確かにこの十年、笑ったことがないのは事実だ。心から笑うことはおろか、愛想笑いさえしたことがない。笑ってはいけないという意識が働いている。ただ、与えられた仕事は疎かにせず、きちんとこなしてきたつもりだ。毎月の給料をもらうために。

「お陰で、みんな救われた。礼を言うわ」

「それほどのことではありません」

大型トラックは本通りに出て、連なるクルマの列に割り込んだ。

「それにしても、あんたに何もないとはなあ。社長もどうかしてるで」

「トラックをいただいても困るだけです。大型免許も持ってませんし」

「それもそうやな。けど、売り飛ばすことくらいはできたで、なあ」

同意を求められたが、答えなかった。松河にはこの十年の恩はあれ、恨む気持ちはない。

ＪＲ伊丹の駅前まで送ってもらった。自宅アパートの最寄り駅である川西池田までは二駅だ。

「ほんまに世話になった。また、どこぞで会おうな」

須藤は窓から手を振って、去っていった。

プラットホームで電車を待っていると、スマホに着信があった。知らない番号だった。少し迷ったが、通話ボタンを押した。

「浜やんか。わしや、松河や。いろいろうるそうてな、携帯は替えたんや」

社長からの電話だった。電車が入線したが、見送ることもやむなしと、ホームの端に移動した。

「どうされました。会社は債権者と名乗る男たちに囲まれてましたよ」

「やっぱりなあ。それでなあ、浜やん、ちょっと会うて、話したいことがあるんや。うちまで、来てくれへんか」

「かまいませんが、そちらには債権者は行ってないんですか」

「ああ、豊中の自宅やない。宝塚に別宅があるんや。今は、そっちに隠れてる。場所はなあ……」

松河はＪＲ宝塚駅からの道順をざっと教えてくれた。

「分かりました。今、伊丹の駅におりますので、これから伺います」

質問したいことが山ほどあったが、会ってから訊けばよい。通話を切ったときには、電車はすでにホームを離れていた。

次の電車で宝塚まで行き、教わった道順通りに上りの坂道を真っ直ぐ歩いた。高級住宅地を抜けていく。家屋は新旧和洋、様々だが、一様に敷地面積の広いことが、持主の所得の高さを暗示している。

梅雨の先触れか、空は相変わらず厚い雲に覆われている。暑くも寒くもない気候で、浜浦もいつもと同じジャンパー風の薄いジャケットで出社していた。背広やネクタイが、常時必要な職場ではない。

　駅から十分ほど直進の後、道なりに左折し、百メートル近く歩いたところで目的地に着いた。表札は『夏原《なつはら》』となっている。前栽と樹木に囲まれた邸宅だ。奥に見え隠れする建物は、比較的新しい洋風住宅だった。門扉の横は、クルマの出入り用のスライド式の柵となっており、建物の方向に緩いカーブを描いてカラー舗装された通路が通じていた。

　インターフォンで来意を告げると、自動で門扉の施錠が解かれた。建物まで歩くと、重たげな玄関の扉が開き、松河が禿げた頭を半分見せた。

「浜やん、よう来た。さっ、上がり」

「お邪魔します」

　提げてきた帰省土産を渡し、履き古した靴を脱ぐ。松河の背中を追いながら、よく磨かれたフローリングの廊下を進んだ。

「それにしても、立派なおうちですねえ」

「嫁はんの持ち物や。わしゃ、居候やねん」

　右手の部屋に通される。庭に面した明るい洋室だった。応接用のソファを示され、そこに腰を下ろした。ソファのクッションが尻と腰を柔らかく包み込む。ビクトリア朝の置物など、欧風の調度に囲まれた落ち着いた空間だった。

一旦姿を消した松河は、お盆に湯飲み茶碗を載せて戻ってきた。

「まあ、お茶でも飲んで、ゆっくりしてや。嫁はんは外出中やねん」

「お気遣いさせて、申し訳ありません。ところで、社長、お尋ねしたいことがあります」

「分かってる。まず、飲んでからにしい」

お茶を一口喫した。ほどよい温かみと上品な味わい。鼻に芳香が抜けていく。飲み込んでから、浜浦は切り出した。

「倒産というのは、どういうことでしょう。あまりに突然のことで、頭がついていきません」

「そやろな、順に話すつもりや。その前に、今朝の会社はどんな有様やった。先に、教えてくれへんか」

運転手のことも気になるのだろう。

「そうですね。分かりました。わたしは月曜にお休みをいただいたので、四日ぶりに、いつもの時間に出社しようと会社の前まで行きました。そしたら……」

浜浦は、今朝の出来事を詳しく語って聞かせた。

「なるほど、そうなったか。いや、浜やん、ありがとう。お陰で、大事なトラックをあいつらに取られんですんだ。須藤や河原らにも、何とか最低限の義理を果たすことができたわ」

　松河は頭を深く下げた。庭に面したガラス戸から射す光を反射し、松河の頭は不思議な光芒《こうぼう》を放っていた。なぜか幻想的なものを感じた。

「わたしが何をした訳でもありません。で、社長。どういうことですか」

「実はな、きっかけは知人の連帯保証人になったことや。危ないと思うたが、昔、えろう世話になった人でな、断ることなんぞできんかった」

「債務不履行になったのですね」

「案の定や。半年ほど前に、わしが債務を背負う羽目になった。けど、それだけなら、まだ、救いはあったんやが」

　松河の声がか細くなる。

「どうされました」

「闇カジノに誘われた。借金を一気に返せるとそそのかされてな」

「それはまた……」

「飲み屋で知り合った赤毛の男や。最初こそちょっと勝たせてもろうたが、後はボロ負け。赤毛を始め、わしと同じような客らしき連中からも金を借りて、賭けまくった。いつかは取り戻せると信じてな。けど、借金は膨れるばかりや。手形を切ってしのいだが、不渡りを出して、ついにどうにもならんようになって会社を畳むことにした。こういうこっちゃ」

赤毛とは、会社の前で怒鳴っていたあの男だろう。すべて仕組まれていたのかもしれない。

「資産はどうなります」

「会社の敷地建物はすべて競売やろな。豊中の自宅も持っていかれる。銀行には悪いことをした。長いつき合いの取引先には、できるだけ迷惑をかけんよう手を打っておいたがな」

「この家は奥さんの持ち家とか」

「もともと嫁はんの里や。義理の父親が老人ホームに入って空き家になった。それを数年前に建て替えたんや。義理の父親名義のままで抵当にも入れてないから、ここは大丈夫や。余生はここで静かに暮らすわ」

「それにしても、突然でしたね」

「密かに準備はしてたんやが、金曜の夜に赤毛が電話をしてきて、もう待てん、差し押さえの手続きを進めると言いよった。それで、決断したんや。前から考えてたんやが、運転手にはトラックを譲ることにした。今月分の給料と退職金を兼ねてな」

土曜日一日で一切の始末をすませ、日曜に運転手たちに電話をしたということか。

浜浦が窮地のときに、救いの手を差し伸べてくれた社長だけに、この結末に歯がゆさが残る。

「ご相談していただいてたら、社長と一緒に対策を考えましたのに」

そうは言ったものの、どの段階かで相談を受けていたとしても何かできたか。闇カジノなどに手を出さないよう忠告くらいはしただろうが、最悪の事態を回避できたかどうかは怪しいものだ。

「面目のうて、相談できんかった。番頭はんとして、わしをずっと支えてくれてたあんたには迷惑はかけられん。最後は全部、自分一人でやろうと決めた。そやから、事前に連絡もせんかった」

「何もお手伝いできず、申し訳ありませんでした」

頭を下げるしかなかった。番頭と言われたことが胸に響いていた。

「何を言うてんねん。あんたはようやってくれた。この十年、いろいろと教えてもろうたわ」

「いえ、わたしはもともと、運送業には無縁の人間です。そんなわたしに、社長は一から十まで教えてくださいました。何とお礼を申し上げてよいやら……」

「そやない。礼を言うのはわしのほうや。いろんな場面で、あんたはよう助けてくれた。あんたは物事を広い目で見て包括的に捉え、的確なアドバイスをしてくれた。目の前しか見えてないわしらとは違う」

松河の言うようなことが、浜浦にできていたはずがない。面映ゆい限りだった。

「こんな形で袂を分かつことになったのは辛いんや。そのことが言いたかった。そやから、わざわざ来てもろた」

何か言おうとしたが、適当な言葉が見つからず、黙って頭《こうべ》を垂れた。

「そろそろやな。昼飯を食うていってや」

「とんでもない。これで失礼します」

「そない言わんと。もう、注文してあるんや」

強く断れないままぐずぐずしていると、出前の品が届き、結局、肉厚の鰻重をご馳走になってしまった。久しぶりの鰻は、肝焼きもついており、目の保養、鼻の功徳、口の法悦になり、十二分に堪能できた。

食事の間は、この十年の様々な思い出を二人して語り合った。当時は苦しかった出来事も、振り返れば楽しくさえ感じた。時の経過とは不思議な作用があり、悲劇も喜劇に変えてしまう。人の営みには、なくてはならないものであろう。

互いに語り尽くしたように、ふっと会話が途切れた。それを機に、浜浦は腰を上げた。

「長居をしてしまいました。これで失礼いたします。社長、どうか、お元気で」

「そうか、名残惜しいけど、しゃあないなあ。また、来てくれよな」

松河は玄関まで見送ってきた。外は雨模様だ。

「そや、忘れとった」

玄関を出たところで、社長が後ろから叫んだ。

「まだ、何か」

「何のためにビールを出さなんだか分からんがな」

訳の分からないことをつぶやきながら、松河は浜浦の前に出て、指を差した。

「浜やん、こっちや」

先に立って、濡れないよう軒下を松河が歩き出す。玄関を出て右手に進み、建物の横に連れていく。屋根付きの駐車スペースだ。

「これや、見てくれ」

「えっ？　こ、これは……」

駐車場を占領していたのは、白いキャンピングカーだった。

「これを浜やんに、あげる。トラックをもろたかて、困るだけやろ。そやから、あんたにはこれにした。煮るなと食うなと好きにしたらええ」

煮るなと焼くなと、ではないかと思ったが、突っ込みを入れる場面ではない。

「わ、わたしにですか」

いささか意表を突かれたので、それしか口から出なかった。

「わしの宝やが、あんたになら惜しゅうない。二千七百ｃｃ、ガソリンエンジン搭載のキャンカーや」

「キャンカー？」

「ああ、わしらのような通はキャンピングカーのことをそう呼ぶんや。三年前に新車を購入した。走行は二万キロほどや」

「ほう。大きな車体ですねえ」

見えたままを口にした。

「それほどでもない。長さ約五メーター、幅二メーター、高さだけはざっと三メーター弱ある。ただ、重さは三トン近くあるで。そやから、スピードはそれほど出えへんけど、燃費はリッター六キロほどや。高速道路なら八キロは走る。八十リットルのタンクやから、東京辺りまで一回の給油で走れる計算や。まっ、中を見てみ」

松河は運転席ではなく、助手席のすぐ後方にある後部室内への入口ドアを開けた。照明が自動で点く。

「オーナーの中には土足厳禁にしてる奴もおるが、わしはそんな面倒なことは言わん。そのまま上がってくれてかまへんから」

ステップに足をかけ、松河は先に中へ入った。浜浦も続いた。車内は天井が高く、大人が充分に立って歩ける。

「ここがダイネットや。食事をしたり寛いだりする場所やな」

目の前に豪華な四人掛けのテーブル席が配置されていた。手前には、通路部分を挟んで窓沿いに横向きベンチシートがあり、みんなでテーブルを囲める仕様だ。

「ま、まるでラウンジですね」

浜浦の洩らした感想に、松河は満足そうにうなずいた。

「そや。意識して、それらしゅう内装を設えた。移動応接室やな。トイレやキッチンもあるから、キャンカーは、動くワンルームマンションと言うてもええ」

確かに、浜浦の知識にあるキャンピングカーの内部に比べ、木目調の家具を多用してあるなど、華麗な装飾が施されているように見える。松河の思い入れが詰め込まれているのだろう。

「このキャビンに六人は乗れるようカスタマイズした。前の席と合わせて、乗車定員は最大八人や。泊まれるのは、上のバンクベッドに三人。下は、この椅子を配置換えしてぎりぎり三人。計六人というところやな」

愛おしそうに椅子の背を撫でながら、松河は解説を続けた。

「このカーテンを開けると、前の席と行き来もできる。フロントパネルが見えるか。あのカーナビは九インチで、テレビとドライブレコーダーも兼ねとる。後方確認はバックモニターでやることになる。ボタン一つで切り替わるんや。もちろん、スマートキー仕様やで」

言葉がほとばしるように出続ける。

「さあ、次はこっちや」

松河は方向を変え、ベンチシートとテーブル席の間にある通路を後ろへ向かう。

「ここがトイレや。手動水洗のポータブルトイレやが、これがあるだけで便利やぞ。中に洗面ユニットも完備しとる。それから一番奥は、小さいながらもキッチンや。シンク、ガスコンロ、電子レンジ、冷蔵庫など、一式揃えてある。流し台で使う水のタンクも満杯にしてあるし、予備バッテリーも充電ずみや。ガソリンも満タンにしておいた。任意保険もかけてあるし、いつでも出発できる。名義変更の必要書類は前のグローブボックスに入れてある。ベースは国産車両のキャブコンやが、それなりに金はかけたつもりや。さあ、浜やん。気持ちようもろうてくれ」

驚きのあまり、浜浦は声が出なかった。まさかのまさかだ。自分のようなものに、こんな大切なものを用意していたとは。


雨が激しくなっている。フロントガラスを拭うワイパーはせわしく動いていた。浜浦はキャンピングカー、いやキャンカーのハンドルを握っていた。あれから一時間、キャンカーに関する松河の講釈は続いた。その後、どれだけ固辞しても受け入れられず、浜浦は無理やり運転席に乗せられた。断ることは最後まで許されず、やむなくそのまま発進させて、帰宅の途に就いたということだ。

三カ月前まで、同僚から無償で押しつけられた中古の軽自動車を保有していたが、車検切れに合わせてやっとこさ廃車にできた。クルマがなくても困る生活ではなかった。

午後三時を過ぎたばかりだが、厚い黒雲が空一面を覆い、辺りは夕暮れどきのように暗い。ライトを点けている車両が多いので、浜浦も補助灯を点け、自宅アパートのある川西市を目指す。雨で走りにくいせいか、道は混んでいる。慣れないクルマなので、速度を出せないほうがありがたい。思ったより、運転に違和感はないのだが。それより、今晩、このクルマをどこに駐車するか、それが問題だ。アパートの近くで、コインパーキングでも探すしかない。トラックをもらった連中は、もっと頭を悩ませているのではないか。

鰻重の濃いタレのせいか、喉の渇きが気になってきた。帰宅前に、ＪＲ川西池田駅のロータリーで、自販機を利用することにした。あそこなら、このクルマを一時的に止めるくらいは可能だ。国道から右折して、ロータリーに入る。タクシー乗り場で、一本の傘にすがりながらタクシーを待つ二人連れが見えたが、通り越して自販機に近い路側にキャンカーを止めた。前後に数台、先客のクルマが止まっていた。運転席は女性がほとんどだ。おそらく、思わぬ激しい雨に、電車通学する子どもを急きょ迎えにきたのではないか。

駅舎の屋根の下にある自販機まで三メートルほどを走り、温かいお茶のペットボトルを買った。それだけで、髪と両肩はずぶ濡れになった。クルマに戻ろうと体の向きを変えたとき、先ほどのタクシー待ちの二人が目に入った。片方は杖をついた高齢の女性。もう一方の傘を差しかけているのは若い女性だ。二人して、一本の傘の下で身を縮ませている。タクシーが来る気配はない。七、八メートルほど離れた駅舎の屋根の下で待っていては、誰か別の客に先を越されるのだろうか。雨の下で打ち震えているように見えた。

余計なお節介はすべきでない。そう心に決めていた。相手のためによかれと思ってやったことでも、よくない結果となることは往々にしてある。そのことは、身に染みているはずなのに……。

浜浦は運転席に戻ると、濡れたままセレクトレバーを入れ、キャンカーをスタートさせた。ロータリーをほぼ一周し、タクシー乗り場の前に戻ったところで、クルマを止めた。素早く降りて、クルマの前を回り二人の濡れ鼠と対面した。実のところ、厄介な自分の性格にうんざりすると同時に、驚いてもいた。こんなことをする人間だったか。

「よかったら、乗っていきませんか」

二人とも、浜浦が何を言っているのか、理解できていない顔を見せた。不審さを隠そうともしていない。これでは、埒《らち》が明かない。浜浦は、迷わずキャンカーの後部ドアを開けた。自動点灯装置が働き、明るく暖かそうな車の内部が照らし出された。

「どうぞ」

「いえ、あの、タクシーを待ってますから」

若い女性が答えた。その顔面を、激しい雨が容赦なく叩いている。

「いいから、お乗りなさいな。お宅までお送りしますよ」

「結構です」

若い女性は頑なにこちらを無視しようとする。そのとき、一段と強い横殴りの風雨が襲ってきた。耐えきれず、隣の老婦人の膝が崩れる。

「あっ！」

女性二人が叫び声をあげた。老婦人は、咄嗟に差し伸べた浜浦の腕で辛うじて支えられた。

「さっ、いいから乗ってください。怪しいものではありません」

老婦人は杖を前に出し乗ろうとする姿勢を見せたが、足が思うように動かないようだ。浜浦は老婦人の身を一旦若い女性に託し、先に乗り込んでから、杖を持つ老女の手を取り、引き上げるようにステップを上がらせた。やや強引だったかもしれない。若い女性も仕方ない風情で乗ってきて、ドアを閉めた。肩から大きめの布製バッグをたすきにかけていた。

老婦人をテーブル席のシートに座らせた。豊かな白髪で縁無し眼鏡をかけた上品な顔立ちの女性だった。白髪も眼鏡も雨滴にまみれている。もう一人の二十代後半と思しき女性は、自分から横向きのベンチシートに腰をかけ、滴の垂れたバッグを床に置いた。長めの髪を後ろで一本に束ねて垂らしている。目がつり気味に見えるのは、髪をきつく括っているせいなのか。その目が問いかけてくる。

「あの」

「待って。少しクルマを動かします。ここはタクシー乗り場で、止めておけないから」

喋りかけた女性を制し、浜浦は仕切のカーテンを開け、運転席へ乗り移った。ゆっくりとクルマを進め、先ほどお茶を買うために止めたところまで移動した。

強めの暖房をダイネット側に吹き出すようセットし、再び後部に身を移す。収納棚の中をあちこち探り、タオルの束を見つけると、数枚ずつ二人に手渡した。

「まずは、これで濡れたところを拭いてください。こんな季節でも、濡れたままだと風邪をひきますよ」

「ありがとうございます」

若い女性は受け取ったタオルで、先に老婦人の体を拭き始めた。本人も相当濡れているのだが。

「この土砂降りの中、あの場所でタクシーを待つのは無謀でしょう」

機敏に動くタオルを目で追いながら、浜浦はつい疑問を口にした。

「わたしが乗り場で待つので、奥さまには屋根のあるところで待機していただくつもりでしたが……」

「そうはいきませんよ。彼女だけを大雨に晒《さら》すなんて」

老女がしっかりした口調で割って入った。眼鏡越しの瞳にはそれなりの眼光が宿っていた。少しは、元気が回復したのだろう。

「では、そろそろ参りましょうか。ご自宅はどちらですか」

浜浦は、自分用にも取っておいたタオルで、顔と髪をざっと拭いてから尋ねた。

「本当に送っていただけるのですか」

「ええ、そのつもりです」

「丸山台です。遠いですよ」

若い女性が答えた。

「大丈夫です。同じ市内じゃないですか。カーナビに入れますので、番地までお願いします。それから、シートベルトを締めてくださいよ。なにしろ、今日、初めて運転するクルマですので」

「初めてって、どういうことでしょう」

不信感をにじませた声だ。

「いやなに、十年勤めた会社が今日、倒産しましてね。退職金代わりにこのキャンピングカーをいただきました」

言わなくてもよいことをつぶやきながら、運転席に戻り、聞いた住所をカーナビに入力した。

「よろしいですか。では、出発しますよ」

一声かけてから、そろりと発進させる。

ロータリーを出て、市の北部を目指す。南北に長い市域をほぼ縦断するルートになる。一人で運転するときよりも、同乗者がいると緊張感が増し、思わずハンドルを握り直す。

ＪＲと私鉄の駅が集中する区域を抜けると、クルマの流れがスムーズになり、自ずと速度が上がる。ただ、雨はますます激しく、前方の視界は暗い。ヘッドライトに切り替える。

慎重ながらも快調に行程を進めていると、後方の話し声が徐々に大きくなってくるのに気づいた。

「どうかしましたか」

前を向いたまま、声を発した。

「ちょっと、問題が……」

若い女性が困ったように返してくる。

前方にバスの停留所があり、路側が広げられている。そこに、一時停車することにした。サイドブレーキを引き、完全に駐車させる。と同時に、後部から女性がやって来た。

「どうかしましたか」

「奥さまがちょっと、その……」

強張った表情のまま、口籠った。言いにくい内容のようだ。ということは……。

「おトイレですか」

「そうなんです。どこかに立ち寄っていただけますか」

「ご安心ください。このクルマにはお手洗いがついております」

キャンピングカーならではの利点だ。早速、役に立つとは。

「あっ、そうなんですね。助かります」

顔の硬直が解けていく、その心底から安堵した様子が、浜浦には健気に見えた。

後部に移動し、トイレの場所を教え、若い女性と一緒になって、年嵩《としかさ》の女性をトイレに連れていく手伝いをした。薄手のカーディガンもふんわりとしたワンピースも、生乾き状態まで戻っていた。トイレの扉を開けて使い方を教え、それ以降は若い女性に任せて浜浦は運転席に戻った。

暫《しばら》くすると、若い女性も運転席との境のカーテンまで来て、声掛けをしてきた。

「助かりました。奥さまは外出が苦手なんですが、理由が二つあります。一つは足がお弱いこと、もう一つの理由がおトイレなんです。長時間の乗り物は困るんですよね。ＪＲを利用するのも、もしもの場合、トイレがついているからなんです」

「よく分かりますよ。わたしも同じようなものですから」

振り向き、首肯して見せた。

「今日は、どうしても大阪のデパートまで行って、お孫さんへの贈り物を選びたいとおっしゃるので、無理をして出かけましたが、結果的にご迷惑をおかけすることになりました」

「いえいえ、何も問題はありませんよ」

「傘を差すところもないと思い、予備の一本しか持ってきませんでした。やっぱり、通販での買い物にしておいたらよかったです」

「それより、服は乾きましたか」

「わたしはこんな格好ですから、どうでもいいんです」

グレーのトレーナーにデニムパンツというラフな姿を恥じるようでもあった。

「あなたは、あのご婦人のご家族ではないのですか」

「個人的に雇われている介護担当者です」

トイレからの音に気づき、女性は慌てて奥へ去った。

運転を再開してからは、雨も少し穏やかになり、残り半分の行程を無難に過ごすことができた。カーナビの指示に従い、幹線道路から住宅街に入ると、すぐに目的地付近に到達した。

「その右手の家です」

「分かりました」

一度、通り過ぎ、Uターンして助手席側にある後部ドアがちょうど門の前になるように止めた。介護の女性が先に降りて、通用口を解錠した後、戻ってきた。二人して老女を抱え降ろす。

浜浦は彼女らの傘を借り、二人に差しかけて通用口までの歩行をサポートした。見たところ、通用口の向こう側は、建物玄関まで屋根付きの通路となっている。浜浦の役割はここまでだ。

足を止めた老婦人が、街灯の薄明りの中、目を凝らすように浜浦の顔を見つめてから、丁寧なお辞儀をした。

「ご親切に、ありがとうございました」

「いえいえ」

浜浦は、恩着せがましくならないよう軽めに応じた。

「少し待っていてください」

介護の女性も肩越しに声を出す。

「無事にお送りしましたので、これにて失礼しますよ」

「いえ、まだ荷物も置いたままなので、お願いします」

そう言われたら仕方がない。浜浦は運転席で待機することにした。暗くてよく見えないが、相当立派なお屋敷のようだ。表札には『瀬田川《せたがわ》』とあった。

五分ほどで介護の女性は戻ってきた。

浜浦はダイネットに移り、内側からドアを開けて迎え入れる。置いたままのバッグと傘を渡すと、代わりに封筒を渡された。

「これは？」

「奥さまから、お渡しするようにと」

「いえいえ、これは受け取れません。そんなつもりではありませんので」

「それではわたしが困ります。本当に、お世話になりました」

「そういう訳には……」

狭い車内で何度かの押し問答の末、相手が少し折れた。

「でしたら、お名前と連絡先をお教えください。でないと、わたしが子どもの使いになってしまいます」

悲しそうな顔に弱い。特に、若い女性の。やむなく、名前と携帯番号だけを教えた。

女性はバッグから手帳を取り出し、手早くメモをした。

「ありがとうございます。申し遅れましたが、わたしは、タチバナ・ユウカと申します」

女性は手帳に挟んであった名刺をくれた。『介護福祉士　多智花夕夏』と横向きに印刷されていた。

やっと解放された浜浦は、門前で見送る多智花夕夏を残し、キャンカーを前進させた。

長い一日が、間もなく終わろうとしている。帰省明けの平穏な日常になると思っていたが、想定外のいろいろなことがあった。最後はタクシーまがいのことまでしたが、決して悪い気分ではなかった。失職したというのに、おかしなことだ。ひょっとしたら、予期せず手に入れたこのキャンカーのせいで、普段ならしそうにないことに首を突っ込んだのだろうか。フロントガラスに、雨がまだ細かな粒をばらまいていた。

二

朝、いつも通りに目が覚めたが、出勤すべき会社はもはや存在しない。かといって、二度寝ができそうもないので、ゆっくりと体を起こした。腹が減っている。昨日の昼の鰻重から何も食べていない。

丸山台から自宅アパートの近くまで戻り、もらったキャンカーを駐車できる場所を探すのに、一時間以上を要した。結局、顔なじみのガソリンスタンドに頼み、一晩だけ、置かせてもらうことにした。その代わり、ワックス洗車を依頼することになった。そのくらいはしょうがないだろう。

アパートに帰り着いたときは疲れ切っていた。雨の中、慣れないクルマの運転に神経が疲弊したのだろうか。十年前なら、屁でもないことなのに。一休みしようと布団に潜り込んだところ、途中、午前二時頃に小便に行っただけで、そのまま朝まで眠りこけてしまった。

独り暮らしなので、朝食が食べたければ、自分で作るしかない。よっこらしょ、と掛け声をかけて立ち上がる。台所で食パンを焼き、目玉焼きを作り、ハムと一緒に皿に載せ、朝食の出来上がり。飲み物は冷蔵庫にあった牛乳にした。テーブルに運び、食いつく。ここ十年の、浜浦家の朝の風景だ。気がつけば、今日はまだ、顔も洗っていなかった。

十時過ぎにガソリンスタンドまで歩いた。ポロシャツにチノパンツという休日のスタイルだ。浜浦のキャンカーは、隅の邪魔にならないところに置かれていた。ワックス洗車はまだだという。

それから一時間半ほどかけて、運転席から後方のダイネット、最後尾のミニキッチンまで、車内をざっと点検をした。グローブボックスには、確かに名義変更関連の書類が入っていた。浜浦を解雇し退職金代わりにこのクルマを支給する、と明記された書類もあった。日付は一昨日だ。これで債権者からの返還請求にも対抗できるし、売ろうと思えば、すぐにでも売却できる。松河の配慮は行き届いていた。

ダイネットにある装備や備品も一通り調べてみた。松河の言葉通り、いつでも出発できるだけの準備はできているようだ。

その後、外に回り、後部ハッチを開けてみると、収納スペースとなっており、折り畳み式のディレクターズチェアが残されていた。これもいただいてよいのだろう。

小腹が空いてきたので、近くのラーメン屋へ行くことにした。人気店なので、混んでくる昼休みの前に食べてしまいたい。ガソリンスタンドのスタッフに声をかけてから、ラーメン屋に足を向けた。昨日とは一転し、今日は青空がどこまでも広がっていた。

豚骨醤油ラーメンは評判通り絶品だった。こくのある出汁、ゆで加減最高の中太麺、とろけるようなチャーシュー。どれも、この辺りでは類のないレベルだ。

ささやかな満足感の余韻に浸りながら店を出たところで、スマホが鳴った。胸ポケットから引っ張り出すと、登録されていない番号が表示されている。迷いつつ、通話ボタンを押した。

「はい、浜浦です」

「あっ、タチバナです。昨日はお世話になりました」

聞き覚えのある声だが、さて、誰だったか。

「ええっと……ああ、多智花さん。昨日はどうも。どうかしましたか。忘れ物か何かですか」

「いえ、あの、昨日のお礼と、他にちょっと浜浦さんにお願いしたいことがありまして」

「ほう、どのようなことでしょう」

「今、電話でお話ししてもよろしいですか」

「かまいません。どうぞ」

浜浦は並んでいる客の邪魔にならないよう、店の前から側面に移動した。

「実は、奥さまが近く東京へ行かれることになりましたが、浜浦さんのクルマで送ってもらえないかとご希望なのです」

「うーんと、わたしは個人タクシーをやっている訳ではないのですがねえ」

「もちろん承知しております。奥さまは昨日のおクルマがたいそう気に入られまして、あれでなら東京も夢ではないとお考えになったようです。というのは……」

多智花によると、奥さまこと瀬田川寿美子《すみこ》さんは、かねてから息子さんやお孫さんのいる東京の家を訪問したかったのだが、不自由な足やトイレの懸念などから、新幹線や空路での上京を決断できないでいた。今日の朝、プレゼントのことでお孫さんと電話で話をし、早く来てほしいと幼い声でせがまれたとき、ふと、昨日乗ったキャンピングカーのことを思い出した。あのクルマでなら、それほど苦労せず東京まで行けるのではないか。電話を切ってから、その気持ちがいよいよ強くなり、泊まり込んでいた多智花に、昨日の運転手さんに連絡してほしいと懇願したのだという。多智花の介護契約では、泊まり込みは義務ではないが、たまに頼まれて泊まることがあるそうだ。

「もちろん、ガソリン代や高速代などの実費は当然のこと、妥当な報酬もお支払いすると申しております」

「報酬をいただくと白タク同然になってしまう」

「報酬というのがダメなら、送っていただいたご厚意に対して、常識的なお礼をさせていただくということで、ご了承いただけないでしょうか」

相手の地頭《じあたま》のよさが窺い知れる、上手な切り返しだ。

それに引き換え、こちらは突然のことで、脳の血流が充分でなく思考がうまくまとまらない。

「それにしても、昨日の今日ですからねえ。よくそこまで思い込まれたものです。やはり、トイレのあるクルマだからでしょうか」

「トイレは大きな要素だとは思います。ただ、それだけではなく……」

多智花は言い淀んだ。

「それだけではなく？」

浜浦は先を促した。

「あの方と一緒なら安心だと。目の奥に優しさが宿っていたと奥さまはおっしゃるんです。浜浦さんのことです」

「そ、そうですか」

それ以上、浜浦は返す言葉を失っていた。昨日、別れ際に、顔を凝視されたことが甦《よみがえ》る。

数秒、会話が途切れた後、再び多智花の声が耳に届く。

「失礼ですが、昨日、お勤めの会社が倒産したとお聞きしました。次の勤め先が見つかるまでの時間潰しとか、ボランティアみたいなもので、何とかお願いできないでしょうか」

金が必要なのは事実だ。仕送りの期日は迫っているし、今月は給料が入ってこない。困っている人を助けて、そのお礼をいただくのが、それほどいけないことだろうか。

「なるほど、で、瀬田川夫人は、いつ出発なさりたいのでしょうか。それを先に教えていただけますか」

「は、はい。実は急で申し訳ないのですが、早ければ早いほどよいと。できれば、明日にでもと……」

多智花の声が幾分弾んでいる。浜浦が同意したと受け取ったのかもしれない。まだ、心を決めた訳ではないのだが。

「明日ですか、それは……」

「いえいえ、ご予定がおありなら、必ずしも明日ではなくても」

「いや、明日で結構です。お受けいたしましょう」

考えるまでもなく、明日、他に予定はない。

「ほんとですか。ありがとうございます。ほんとに、助かります」

通話の向こうで、何度も頭を下げているのが見えるようだ。

その後の話し合いで、日のあるうちに東京へ着くように、明日の朝八時に丸山台まで迎えにいくことを決めた。

寄り道をして買い物をすませた後、ガソリンスタンドに戻り、知り合いの手が空くのを待った。

「ちょっとお頼みしたいことがあるんですが」

「今日の晩も、あのクルマを置かせろということかいな」

年配の副所長はにやつきながら唇を曲げている。

「それもお願いしたいんですが、それだけではありません。明日、あれで東京まで人を運ぶことになったんです。その準備をお手伝いいただけませんか」

「どういうこと？」

「誰か、キャンピングカーに詳しい人はおられませんか。お礼はしますから、事前の準備を手助けしていただきたいんです」

「そういうことか。分かった。牧田《まきた》が詳しいわ」

牧田なら、以前から知っている。よく働く若者だ。

副所長は大声で牧田を呼び、ざっと状況を説明してくれた。若い牧田は素直にうなずいている。

「せいぜい、浜浦さんの手ったいをしたげてや。きっと、ぎょうさんお礼をもらえるぞ」

一言多い。多額のお礼ができる身分でも金持ちでもない。

ひょろりとした牧田を連れて、キャンカーのところまで歩き、明日からの遠出に備えて、やるべきことを確認していった。キャンプ慣れした牧田は、レンタカーでキャンピングカーを借りたことがあるらしく、それなりの知識を持っていた。浜浦が手を出すまでもなく、必要な準備措置を手際よくこなしてくれた。浜浦は横で見ているばかりだ。

ガソリンを念のため満タンにし、給水、充電、汚水の処理などが進められていく。浜浦ができたのは、途中で必要な飲み物などの確保くらいだ。自販機で買って冷蔵庫に保管した。バッテリーがもったいないので、明日までスイッチは切っておく。最後に車内をゴミ一つないように掃除し、午後三時には準備が完了した。世話になった牧田には五千円を渡した。今の浜浦には、それが限度だった。

翌朝、丸山台の瀬田川邸までキャンカーを転がした。午前八時五分前に到着し、八時ちょうどにチャイムを鳴らした。すぐに多智花が姿を現した。薄手のパーカーとジーンズの動きやすい格好だ。大型の旅行鞄を押している。

「今日はよろしくお願いします」

「こちらこそお願いします。あなたは、ずっとこちらにご滞在でしたか」

「ずっとではないですね。昨日の午後、一度自宅に帰り、夜遅く戻ってきましたから」

「それはそれは」

日帰り帰宅とは慌ただしいことだ。

「これは奥さまのお荷物です」

浜浦は鞄を受け取り、後部ハッチを開けて、収納スペースに仕舞った。

「奥さまは間もなくいらっしゃいます」

「あなたの荷物は」

「特にありません。これだけです」

多智花は斜め掛けの布バッグを持ち上げた。意外だった。彼女も同行するとの話だったが、東京に滞在はしないのだろうか。

多智花は一旦建物の方向に戻り、杖をついた瀬田川夫人を伴って通用口から出てきた。

「お世話になります」

瀬田川夫人は礼儀正しく頭を下げた。今日は上品な淡い色のツーピースだった。

ダイネットへのドアを開け、二人を先に乗せた。瀬田川夫人は一昨日と同じ四人掛けのテーブル席に進行方向を向いて座った。多智花も横向きのベンチシートに腰を下ろそうとした。

「夕夏さんもこちらへどうぞ。そのほうが話しやすいわ」

夫人が向かい合わせの席を指差した。多智花はうなずいて席を移動した。

浜浦は上部の収納棚から大きなクッションを二つ取り出し、それぞれに渡した。

「長時間の乗車になります。乗り疲れたら、このクッションに体を預けてください。少しは楽になるでしょう。でも、走行中はシートベルトを外さないように」

夫人はにっこりと笑顔を作り、左横に置いたクッションに肘を乗せた。

「それから、よかったらこちらもどうぞ」

浜浦がベンチシートの下から取り出したのは、室内履きのスリッパだった。

「靴を脱ぐと、より寛《くつろ》げますから」

牧田から仕入れた知識だ。

「ありがとう。そうします」

瀬田川夫人はローファーからスリッパに履き替え始めた。

クッションもスリッパも、昨日の夕方、駅前のショッピングセンターに立ち寄って買い入れたものだ。

「ああ、飲み物は後方の冷蔵庫に入ってます。適当に飲んでいただいて結構です」

これは、多智花に向かって言った。走行中、足の弱い瀬田川夫人に車内を歩かれるのは好ましくない。必要があれば、多智花に動いてもらいたかった。

「確かに楽だわ。このほうが」

スリッパに履き替えた夫人が、うれしそうに声を出した。

「間もなく、出発します。ゆっくりと走るつもりです。でも、ほとんどの行程が高速道路となるでしょう。ですから、八十キロくらいで走らないと他のクルマの迷惑にもなります。ご承知おきください」

二人は同時に首を縦に振った。行先の住所は昨日の電話で聞いており、予《あらかじ》めカーナビに登録してある。大田区田園調布三丁目だ。走行距離は五百キロを超えるだろう。

「一時間から二時間に一度、サービスエリアなどに立ち寄る予定をしております。できれば、トイレはその時におすませください」

「車内のトイレをお借りしてもよろしいのでしょうか」

夫人がおずおずと口を動かす。

「もちろんです。サービスエリアに立ち寄っても、その施設のトイレに行ってほしいという意味ではありません。走行中は危ないから、止まっている間にすませてほしいということです。特に、奥さまは車内のトイレをお願いします。乗り降りや行き来の時間と手間が省けますので」

夫人は微笑を浮かべた。おそらく、ほっとした笑み。トイレの利便性こそが、このキャンカーを利用したい最大の理由だろうから。

「でも、トイレ休憩が必要な際には、いつでも声をかけてください。適宜、最善の方法を選択しますので」

一渡りの説明を終えると、浜浦は一旦車外に出て、クルマの周りを点検してから運転席に着いた。

「では、出発します」

後方に声をかけて、キャンカーを静かに前進させた。仕切のカーテンは、真ん中部分を十センチほど開けておいた。そうしておけば、ダイネットに声も届くし二人の様子をある程度把握することもできる。

カーナビの案内に従い、新名神高速道路の川西《かわにし》インターチェンジを目指した。

予想もしなかった展開で、浜浦は、二人を乗せたクルマを運転することになった。もとより、二種免許も保持していない。したがって、瀬田川夫人と多智花介護人を『客』として乗せている訳ではない。あくまで困っている二人を助けるために、クルマに乗せてあげているだけである。なので、運転の対価としての報酬をもらうことはあり得ない。ただ、相手が常識的なお礼を渡したいというのであれば、拒むものではない。一回きりのことなので、いわゆる『業』にも当たらない。このような理屈というか言い訳を考えていた。誰に指摘された訳でもない。染みついた遵法精神に基づく想定問答だ。

キャンピングカーの運転には、気をつけるべきことがいくつかあるそうだ。その辺りを、ガソリンスタンドの牧田にいろいろと教えてもらった。例えば、車両重量が重いので、ブレーキは早めにかけることが必要だとか、雨の下り坂では、制動距離が相当長くなるとかだ。他にも、バックミラーが使えないので、後退や追越しの際の後方確認はドアミラーとバックモニターによらねばならず、慣れるまで余分に気をつかうことなども教えを受けた。

何より、車高が高いので、高速道路や鉄道の高架下を潜る際、車高制限の表示に注意をしなければならないこと。また、走行中、左に寄りすぎると、路側の標識にぶつかったり、繁茂した樹木を引っかけることもあるそうだ。車幅も幾分広いので、意識して車線の中央を走るようにしたほうがよいとのことだった。

一昨日は初めての運転で、そんな基本的なことも知らず、何に注意すべきかなどを考える余裕もなく、夢中でハンドルを握っていた。これまでの仕事柄、たまに普通貨物を運転する機会はあった。幾分かは共通するところがあり、感覚が自然と身についていたのかもしれない。実際のところ、ブレーキの効き具合はそれほど変わらないし、座席が高い分、周囲が見渡せて、運転には逆に有利だと感じた。車高の高さだけは特別な気配りが必要だが。

気づけば、川西インターチェンジの案内標識が見えた。カーブを描いた入路のスロープを駆け上がると料金所だ。ＥＴＣカードは出発前に挿入してある。新名神の本線に合流。前方一面、ぶちまけられたような青空だった。側方の新緑も負けじと鮮やかさを放っている。木々を渡る風に青葉の枝が軽やかにしなり、門出の挨拶をしてくれる。ドライブには格好の日和だ。交通量は多くなく、流れもスムーズである。走行車線を八十キロの定速で走ることに意を用いた。

浜浦は、今日は帽子を被っている。前の職場で使っていた運転手用のキャップだ。そのほうが運転手らしく見えるのではないかと思ったのだ。薄くなってきた後頭部を隠す意味もなくはないが。上半身はポロシャツの上に作業衣。下は綿パン。足もとは合成皮革のカジュアルシューズだ。軽くて履きやすい。

新名神高速道路を東へ二十数キロ走ったところで、高槻《たかつき》ジャンクションに到達し、名神高速道路と合流した。急に交通量が多くなり、走りにくくなる。トレーラーやトラックのシェアも高い。

名神高速を更に東進し、大山崎《おおやまざき》のジャンクションに達した。京滋《けいじ》バイパスを選ばず、カーナビの指示通り、そのまま名神を京都方面へ進んだ。これまでのところ、行程は順調だ。

京都南インターチェンジ、京都東インターチェンジを過ぎ、滋賀県内に入る。快調だ。ちらりと見た後ろも、問題が発生している様子はない。出発からそろそろ一時間になる。休憩を考えねばならない。と思っているうちに大津《おおつ》のサービスエリアを通りすぎてしまった。

「もうちょっと走りますが、大丈夫ですか」

カーテン越しに後方へ声をかけた。暫くして多智花から返事が聞こえた。

「はい。奥さまもリラックスされてます」

さらに十キロ走り、草津《くさつ》ジャンクションで名神高速を離れ、再び新名神に入った。カーナビの誘導だ。このルートで名古屋に向かうほうが近いようである。最初の休憩施設は甲《こう》南《なん》パーキングエリア。二十キロ先だ。

「あと十五分で休憩します」

声をかけて、時速八十キロ走行を維持することに努めた。

時間通り甲南パーキングエリアにクルマを乗り入れた。建物に近い駐車スペースを確保し、サイドブレーキをかけた。躍動する忍者の大きなアートが出迎えてくれる。ここは忍者発祥の地として、伊賀とともに名を馳せている甲賀の里に近い。

「到着しました。小休止しましょう」

多智花が瀬田川夫人を車内のトイレに連れていく。

浜浦も、多智花に断りを入れて車外に出る。腰を伸ばし、膝の屈伸をする。ついでにパーキングエリアのトイレで用を足すことにした。膀胱に余裕はあるが、念のためだ。年とともに、いきなり強い尿意が襲ってくるようになった。したくなってからでは間に合わない恐れがある。

平日だが、トイレに限らずパーキングエリア全体に、割合と人の数は多い。いつものことなのか、それとも気候がよいせいだろうか。

戻ると、夫人も席に着いていた。多智花が交替で外のトイレに向かう。

「これまでのところ、お疲れではないですか」

カーテンを広めに開け、運転席から瀬田川夫人に話しかけた。

「全然、元気よ。楽に過ごしています。今回は、本当にご無理をお願いしましたねえ」

「いえ、こちらも時間は自由の身ですから」

敢えて失業中とまでは、言わなかった。おそらく承知のことだろう。

「このくらいのペースで走りたいと思っています。よろしいですか」

「はい。とても快適です」

瀬田川夫人は、クッションにやや身を預けながら笑顔を見せた。

多智花も帰ってきたので、カーテンを元に戻し再出発した。パーキングエリア滞在は十五分程度だ。

新名神をそのまま走行し、亀山西《かめやまにし》ジャンクションを経て四日市《よっかいち》ジャンクションまで進む。伊勢湾岸自動車道に入って、湾岸沿いに知多半島の付け根に至る。名古屋の南だ。前の休憩から一時間以上の走行で、間もなく十一時になる。前方に観覧車が見えてきた。カーナビで確認すると、刈谷《かりや》ハイウェイオアシスの施設だ。次は、東名高速道路に入ってからの休憩と決めた。そのまま進行し、豊田《とよた》ジャンクションに達した。東名高速を選ぶ。そこから十数キロ走って、東名最初のパーキングエリアで休憩することにした。美合《みあい》パーキングエリアだ。時間は十一時半。

昼どきが近づいているので、駐車しているクルマは多い。特に、トラックのエリアは溢れるばかりだ。ゆっくり場内を走り、端のほうでちょうど出ていったライトバンの後に駐車できた。

「ここでお昼にしましょうか」

浜浦の言葉に、「はーい」と明るい声が返ってきた。

夫人をクルマに残し、多智花と二人でフードコートのある建物に向かった。

「奥さまから、何か軽い食事を買ってくるように頼まれました。わたしには、食べてきてもよいとおっしゃいましたが、わたしも買ってきてクルマの中で一緒に食べようと思ってます。奥さま一人では寂しいでしょうから」

「サンドイッチでもあればいいですね」

「浜浦さんは、しっかり食べてきてください」

「そうしますよ」

浜浦はフードコートへ、多智花はショッピングコーナーへと別れた。

ここは岡崎に近く、名物として八丁味噌が有名のようだ。食券機のメニューを見て、八丁味噌ラーメンセットに決めた。ラーメンなら毎日でも歓迎だ。

ふと耳が異音を捉えた。隣接するショッピングコーナーで何やら取込みが起こっている。胸騒ぎがするので、コインを入れる手を止め、足を向けた。

「やめてください」

叫んでいるのは、紛れもなく多智花で、男の手を振り払おうとしている。二人の周囲には人だかりができ始めていた。

「俺の邪魔をしたのは、おめえだろうが。土下座して謝れ！」

多智花の腕を摑んでいるのは、青いスーツの長身の男だった。三十代だろうか。ネクタイはせず、柄入りワイシャツの胸元はだらしなく開いて、金属のネックレスが光っている。

「違います。あなたのほうこそ、わたしの買い物を邪魔してるじゃないですか。放してください」

「うるせい。さっさと謝れ」

男は目も鼻も顎も尖らせて、多智花の肘の辺りをぐいぐいと引っ張った。男の荒々しい振る舞いに、周りの人々は手を出せないでいる。

いくら何でも、この状況で躊躇する訳にはいかない。浜浦は取り囲む人をかき分け、前に進んで、多智花を拘束している男の上腕部を右手で摑んだ。

「すみません。その女性はわたしの連れなんです。粗相があったのなら、お許しください」

男が浜浦を睨んだが、声が出ない。そのはずだ。浜浦は、男の腕の内側、腱と腱の間に親指をねじ込んでいる。昔、学んだ急所の一つだ。おそらく相手は脳天に激痛が走っている。

「な、何だ、ジジイ。てめえ……」

そこまで言って、男は顔をしかめた。

「申し訳ございません。何せまだ若い子なので、行き届かないこともあろうかと存じます。このジジイに免じて、何とぞお許しを」

自分のことをジジイというのには、やや抵抗感がある。言葉の最後のところで、親指に一層の力を加えてやった。

男は多智花の腕を放した。浜浦はまだ放さない。

多智花が浜浦の背後まで移動したのを見てから、ゆっくりと力を緩めていった。

「ありがとうございます。よく言い聞かせておきますので、今日はこれで失礼させてください」

丁重な物腰を続けながら、やっと男の腕を解放した。

「くそジジイ。今日はこのくらいにしといてやる。次は許さんからな」

捨て台詞を残して、男はその場を離れていった。左手で右腕を押さえている。相当、痛みが強かったのだろう。

人垣からも緊張が解けていく。人々は息を吐き、肩の力を抜いた。彼らにしてみれば、連れの爺さんが卑屈なほど下手《したて》に出て謝ったから、女性は許されたと見えたに違いない。

それでいい。相手の面子《めんつ》くらいは保ってやらねば。

「ありがとうございました。でも……」

多智花は目を潤ませ、唇を突き出している。

「あなたにも言い分がある、そうでしょう」

「ええ、あの男が小さい子を突き飛ばしたから、わたしは注意しただけなんです。だから、あんなに謝らなくても……」

「われわれには使命があります。夫人を無事に東京までお送りするという。それを第一に考えるべきではないでしょうか」

正義感からの多智花の行動は、いささか向こう見ずなところはあるが、捨てがたいところもある。浜浦はそう思いながらも、この場は正論で押し通すことにした。

「それは……そうですね。でも、あんな男に浜浦さんが謝る必要なんて……」

「わたしは何とも思っていませんよ。さあ、つまらない男のことは忘れて、買い物を続けましょう。わたしもおにぎりでも買って、クルマで食べることにします」

八丁味噌ラーメンは、帰りの楽しみに取っておこう。

鮭と昆布の握り飯を持って、浜浦は運転席に戻った。後部のダイネットではサンドイッチや飲み物を前に、瀬田川夫人と多智花が向かい合って座っていた。多智花が先ほどの出来事を報告しているようだ。

「ねえ、浜浦さん。大変でしたよねえ」

多智花が呼びかけてくる。

「いえいえ、どうということはなかったですよ」

「こちらへいらっしゃいませんか。一緒に食べましょうよ」

夫人から、お誘いの言葉をいただいた。

「キッチンをお借りして、今、紅茶を入れます。どうぞいらしてください」

多智花は席を立ち、奥のキッチンスペースに向かった。ポットのお湯が沸いたようだ。

「それでは、お言葉に甘えまして」

浜浦は握り飯を持って、カーテンを開け、ダイネットに移った。ベンチシートに腰を下ろす。多智花がお盆に紅茶の紙コップを載せて戻ってきた。紙コップはクルマに備え置きのものだが、ティーバッグは自ら持参したもののようだ。松河の残してくれたものもあるはずだが。三人でテーブルを囲む形となった。

「浜浦さんはお茶のほうがよかったですね」

「いえ、これをいただきます。ありがたい」

浜浦は紙コップを手に取り、紅茶をすすった。温かい飲み物は喉に心地よかった。

「ここまでで二百キロちょっと走りました。残りは三百キロほどですね。今のところ順調に来ています」

「本当にありがたいことです。これなら、耐えられそう」

サンドイッチを持つ手で、夫人が拝む仕種をした。

夫人がぽつぽつと語るところによれば、ご主人を三年前に亡くし、今は川西で独り暮らしをしているとのこと。足が弱いので、買い物などの特別な場合は介助者を頼むことにしており、最近では、多智花に直接電話をして依頼するのだそうだ。一人息子は東京に居を構え、結婚し子どももできた。今回は、息子と嫁の強い勧めにより、その息子の家に初めてお世話になるとのことだった。

「嫁はねえ、アツミといいますのよ。渥美清《あつみきよし》の渥美。知らないか」

夫人は多智花を見て頬を緩め、何かを思いついて再び口を開いた。

「そうそう、この近くじゃないかしら。伊良湖《いらご》温泉のある渥美半島」

「近くといえば近くですね」

浜浦が返す。

「その渥美よ。とっても、いい子」

夫人はご機嫌で、かつ、饒舌でもあった。

「当分、東京でお暮らしですか」

昆布の握り飯をかぶり、世間話のつもりで何気なく訊いた。

「いいえ、数日で戻ります」

「そうなんですか」

予想と違っていた。

「孫はかわいいけど、わたしがずっとあちらにいると、迷惑でしょうから」

「そんなことはないと思いますよ、奥さま。息子さんも渥美さんも、お優しい方でした。できるだけ長い滞在を願っておられましたよ。お電話でお聞きしただけですが、それでも伝わってくるものがあります」

柔らかい物言いだが、多智花が珍しく夫人に異を唱えた。

「でもねえ、息子はともかく、きっと渥美さんは気を遣うわよ。それが分かるもの。かわいそうでしょ。こんな足の弱いお婆ちゃんの世話をさせられたら」

「渥美さんは、そんな感じの人ではなかったですけどねえ。引越しをしてきてほしいとまでおっしゃってましたもの」

「姑と同居なんて、そんなことを望むお嫁さんがいる訳ないでしょ。どう考えてもね。だから、早めに帰るの。問題は帰りの足ね。向こうにもこういう自動車があればいいんだけど、それだけが心配の種なの」

「ご要望があれば、お迎えにあがることも可能ですよ」

「あら、そうおっしゃっていただければ、勇気百倍よ」

夫人はいかにも安堵したように微笑んだ。

「ですがね、嫁と姑の関係を、世間のドラマと同様に、画一的にお考えになるのはどうでしょう」

「どういうことかしら?」

「人間という生き物は、一人ひとり違う考えを持ってますからね。みんなが同じように考えるものでもないんですよ。ですから、多智花さんがおっしゃる通り、もしかしたら、渥美さんは心から一緒に住みたいと思っておられるかもしれないということです」

渥美の『渥』は、手厚いとかうるおいなどという意味合いがある。名前から想像するに、気立てのよい温和な人ではなかろうか。

「そうかしら」

夫人は疑心に包まれた顔を見せた。

「確かめる方法がないこともないです」

鮭の握り飯に取りかかる。

「どうやって、確かめるの」

夫人はわずかに浜浦の方向ににじり寄った。いたく興味を抱いたようだ。

「ひと言、こう訊くだけです」

口の中のご飯を飲み込んでから、浜浦は少し間を置いた。

「浜浦さん、どうしたら確かめられるんですか」

多智花も答えを催促してきた。真剣な眼差しだ。

「渥美さんにね、『わたしと住みたいなら、あなたが川西に来なさいよ』と言ってみるんですね。そのときの相手の顔色でお分かりになると思いますよ」

「それは……」

夫人は言葉を喉に詰めた。

「無茶です。お孫さんの幼稚園のことや、息子さんの勤めだってある。川西に来ることができる訳ないじゃないですか。単なる意地悪な質問です」

多智花は真っ向から反論してくる。

「リトマス試験紙ですよ。反応を見るだけです。確かめたければ、そういう方法もあるということです。無理にとお勧めしている訳ではありません」

二人とも黙ってしまった。仕方ない。

「じゃあ、こういうのはどうですか。『あなたの下着、貸してくれない？』」

多智花は目を一杯まで見開いた。これも、お気に召さないらしい。

「それで、渥美さんがどういう反応なら、いいっていうんですか」

多智花は詰問口調で攻め寄ろうとしたが、浜浦は夫人に顔を向けた。

「奥さまなら、その場で自ずとお分かりになりますよ。わたしがお教えするまでのことではありません」

夫人は困ったような、道に迷ったような、複雑な表情を浮かべていた。

「つまらないことを口走ってしまいました。お忘れください。そろそろ出発しましょうか。まだ、先は長いので」

残りの握り飯を口腔内に放り込んでから、浜浦は立ち上がった。せっかく穏便な関係が築けそうだったのに、無用な波風を立ててしまったかもしれない。気まずくなりすぎないうちに退散するのが正解だろう。

浜浦は運転席に戻り、多智花は紙コップを片づけた。トイレなどをすませた十分後、キャンカーは美合パーキングエリアを後にした。


青いスポーツタイプのセダンだった。浜浦に詳しい知識はないが、左ハンドルだから、外車なのだろう。走行車線を定速で走るキャンカーの横を併走し始めた。追越し車線をこちらに合わせて八十キロで走ると、両車線とも塞がれた形になり、後ろから来るクルマには迷惑となる。サイドウインドー越しにちらりと右に目をやると、運転している男の青い背広が目に入った。もしや……。

後続の車両に配慮したのか、それとも別の意図か、青いクルマはウインカーも出さず、こちらの車線にハンドルを切った。いきなり青い車体が浜浦の目の前に飛び込んできた。衝突を避けるため咄嗟にブレーキを踏む。後方からの追突が心配だ。が、辛うじて回避できたようだ。後ろのクルマからの抗議のクラクションが耳に届いた。ハザードランプを数回点滅させ、後続車に謝意を表明した。

「どうかしましたか」

カーテンの向こうから多智花の声が届く。急ブレーキに驚いたようだ。

「失礼しました。もう大丈夫です」

それにしても、前の青いクルマだ。運転しているのは、美合パーキングエリアにいた青背広の男に間違いなかろう。先ほどの意趣返しのつもりなのか。スピードをどんどん落としてくる。スピードメーターは五十を切り四十キロまで下がった。後ろのクルマは次々と追越しをかけてくる。前のクルマの速度は更に落ちる。それに合わせて、浜浦も小刻みにブレーキを踏まなければならない。

カーテンから多智花が顔を覗かせた。

「どうなってるんですか」

「危ないから、席に着いてシートベルトをしてください」

「何よ、あの前のクルマ」

前の青いクルマと白いキャンピングカーが縦に連なって、のろのろ運転の状態だ。

多智花は仕切のカーテンを越えて、助手席に座った。

「シートベルトをして！」

浜浦は強い口調で命じ、ウインカーを右へ出した。追越し車線に移動して、前のクルマを抜き去るつもりだ。クルマの流れが切れたところを見計らって、ハンドルを右に切りかけた。が、青いクルマが同時に右へ車体を曲げ、それを阻止しようとする。車間がほとんどないので、強引にハンドルを切れない。やむなく元の車線に戻す。

「煽られてるじゃないですか。どうするんですか」

多智花の言葉にも、答える術《すべ》を知らない。

何度かチャレンジしたが、同じ結果に終わった。こちらは鈍重なキャンピングカー。相手は軽快なスポーツタイプ。ハンドルの切れにも差があった。

「ひどいわ。なぜこんな……」

「運転している男に見覚えがないですか」

「えっ？」

多智花は目を凝らして前方を見ていたが、首を捻った。

「よく見えないけど……」

「横に並んで走っているときにちらっと見えたんですが、青い背広を着ていた」

「そ、それって、あのパーキングエリアの男なの」

「じゃないかと思っています」

「その仕返しにこの煽り？　意味が分からない」

多智花は頬っぺたを両手で叩いた。

速度は二十キロ。これでは、到着予定が大幅に遅れてしまう。

「でも、おかしいわ。あれは、浜浦さんが謝ってくれて、収めてくれたでしょ。何の仕返しなのよ。仕返ししたいのは、こちらのほうよ」

多智花は思いをそのまま吐き出し、さらに続けた。

「だけど、わたしのせいですね。あいつの乱暴な行為をみんなの前で指摘した。それを根に持って、こんなことになっているのね。ごめんなさい」

煽られるという滅多にない事態に直面して、狼狽気味のようだ。

「あなたのせいではありませんよ。自分を責めないでください。実はね、わたしがちょっと彼の腕にダメージを与えたんです」

「どういうことですか」

眉をひそめ、こちらを向く。

「彼の腕を取ったときに、腱の急所を押さえました。相当な痛みだったと思いますよ。そのことが気に食わなかったのでしょう」

「だから、わたしの手を放したのね。浜浦さんの謝罪を受け入れたのではなくて」

口ぶりから、多智花が目を丸くしているのが見えるようだ。

「さあ、どうでしょうね」

「どこでそんな武道を」

「武道というほどのものではありません。護身術の一種です。昔の職場の同僚に、達者な人がいましてね。その人から習いました」

両車のスピードはトロトロというレベルで、今にも止まりそうだ。後続車に危険を知らせるため、浜浦はハザードランプをつけた。周囲からは、車両異常が生じ徐行中と思われているのではないか。

「何がしたいのかしら」

口吻に怖じ気が混じっている。

「困った人ですね」

「警察に通報するしかないわ。ドライブレコーダーの映像はありますか」

浜浦はうなずいた。

多智花がスマホを取り出す仕種をしたときだ。追越し車線を走ってきた大型トラックが、浜浦のキャンカーを追い抜き、青いクルマも抜いて、左へ寄り走行車線に入った。

「ちょっと待って」

浜浦は多智花を止めた。

「どうしたの」

「前のトラックは見覚えがあります」

青いクルマの前に大型貨物車の後部が見える。それも、すぐ前に。明らかに速度を落とし、青いクルマの進路を阻んでいる。

青いクルマは、トラックとキャンピングカーに挟まれた形となった。青背広の男は脅威を覚えたのかもしれない。右に出ようとしたが、前のトラックはそれを許さない。素早く車体を右に寄せ、青いクルマの自由にはさせなかった。巨大な車体を軽妙に操るなかなかの運転テクニックだ。

「青い奴、逆に煽られてるじゃない。まるで煽り返しにあってるみたいね」

多智花ははしゃいだ声を出した。
四、五分、そんな状況が続いた。浜浦は内ポケットの呼び出し音に気づき、スマホを取り出しスピーカーフォンにしてダッシュボードの小物皿に置いた。
「こんなもんでええか、浜浦はん」

スピーカーから、元気な声が飛び出してくる。

「ええ。もう、よろしいんじゃないでしょうか、須藤さん」

須藤のトラックには、業務連絡などの必要性もあり、最新のハンズフリー機能が装備されている。

「よっしゃ、ほんなら、このくらいにしといたるわ」

見る間にトラックはスピートを上げ、青いクルマから離れて車間が開いた。この好機を逃すまじとばかりに、青車は右にハンドルを切り、追越し車線に移ると、速度を増しトラックを一気に追い抜いて、遥か前方の車列に紛れていった。浜浦も徐々にアクセルを踏み込み、八十キロの巡航速度に戻した。

スマホが再び須藤の声を伝えてきた。まだ、切れていなかったのだ。

「のたのた走っとるキャンピングカーがおるなと横を見たら、あんたの運転やった。びっくりや。前のクルマに煽られとると分かったんで、ちょっくらお灸を据えてやったわ」

「お陰で助かりました。ところで、須藤さん、今日はお仕事ですか」

「そや、前の依頼主から直接、配送を頼まれた。配送スケジュールに穴をあけないよう、特別に便宜的な計らいをしてくれたんや」

「それはよかったですね」

便宜的というと、例えば、荷主の社員として仮雇用するなりの特別の契約を結んでくれたのだろうか。自社の荷物を社員が運ぶのに運送業の許可はいらない。荷主側も、配送に慣れた業者が突然いなくなっては困るので、緊急的特別措置を考えたに違いあるまい。ちなみに、松河運送では、運送料金の歩合により、運転手の取り分が決められていた。手取りの収入が極端に減ってなければよいのだが。

退職金代わりのトラック現物支給が効いて、途切れずに仕事が続けられている。松河社長の思惑が当たったということだ。もしかしたら、松河社長のことだから、その辺りも事前に取引先と調整をしていたのかもしれない。トラックの後部右下方に書かれていた『松河運送』の表示はペンキで乱雑に消されていた。

「この後も何かあったら、いつでも駆けつけるで。わしだけやない。この辺りには、あんたの息のかかった連中が何ぼでも走っとるさかいな」

「ありがとうございます。もう大丈夫です。運転、お気をつけて」

「よしよし。ほな、またな」

そこで通話は切れた。前方に見えていた須藤のトラックはさらに速度を上げ、やがて浜浦の視界から消えていった。

「あのう。浜浦さんは、どういう方ですか。息のかかった連中って」

瀬踏みするような訊き方だった。

「物騒な連中ではありませんよ。前の職場の運送会社で縁のあった、仲間の運転手さんたちのことです。今でも、この辺りを走っているということは、他の人も何らかの仕事にありつけているということでしょう。よかったです」

キャンカーは元の速度で何事もなかったように進んでいく。高速道路を利用する多くのクルマに迷惑をかけてしまった。そのことを心の内で詫びた。

「運転手さんたちから信頼されていたんですね」

そんなはずはない。浜浦は運送会社での十年、できるだけ周囲と深く接触しないように努めてきた。心の傷がそうさせたのだ。それでも、運転手と配車係という日常の繋がりの中で、いつとはなしに育まれてきたものもあるのだろう。一昨日のちょっとした手助けが影響しているのかもしれないが、須藤の好意は素直にうれしかったし、何だか心苦しくもあった。

「ちょっとごたごたしてしまいましたが、夫人はどんな具合ですか」

敢えて話題を変えようとした。

「問題ありません。お昼ご飯の後、座ったまま、ずっとお休みになってます。お昼寝タイムなんです」

「それはよかった。では、今のうちに遅れを取り戻しましょう」

浜浦はアクセルを踏み込み、九十キロ近くまで速度を上げた。

「でも、浜浦さんって、なんかすごいですね」

「どういう意味ですか」

「高速道路で煽られてるときに、助け船が現れるなんて、奇跡のようなことですよ」

「たまたま運がよかった」

「わたしなんかと違って、持ってる人ですね」

運も実力のうち、ということか。もしそうなら、こんな人生を送ってはいないだろう。

多智花の声音に潜む何かが気になったが、今は運転に専念するときだった。

多智花を助手席に乗せたまま、キャンカーは東名高速を東上していく。

三ヶ日《みっかび》ジャンクションを過ぎ、浜名湖を通過して、日本坂トンネルも通り越した。もう百キロ以上走っているので、次の休憩場所を決める必要がある。カーテンの隙間からちらりと窺うと、夫人はまだ気持ちよさそうに舟を漕いでいる。助手席の多智花も睡魔に襲われているようだ。ならば、もう少し頑張るか。清水《しみず》ジャンクションを越え、由比《ゆい》パーキングエリアの案内表示で左のウインカーを出した。美合パーキングエリアから百六十キロ以上走ったことになる。もう二時半を過ぎていた。

小規模のパーキングエリアで、フードコートなどもなく、トイレと自販機だけの休憩施設のようだ。それだけに、駐車しているクルマは多くない。

駐車場の隅にキャンカーを止めると、後ろの夫人に声をかけた。

「ここで少し休みます。長時間、お疲れさまでした」

助手席の多智花がすぐに後ろへ移り、夫人のトイレの介助をする。

浜浦は外へ出て、伸びをした。天気はよく、柔らかい日射しと肌を撫でる微風に迎えられた。それればかりではなく、下り車線の向こうには駿河湾のきらめく海原が広がり、進行方向には霊峰富士が気高く聳《そび》え、その両者が相まってすばらしい三次元の景観を提供してくれていた。

浜浦は後部のドアを開け、中に呼びかけた。

「外は気持ちいいですよ。ちょっと出てこられませんか」

座りっぱなしでは、エコノミークラス症候群になる恐れもある。わずかでも、歩いたりしたほうが体にはよいだろう。

数秒迷っただけで、瀬田川夫人はスリッパを自分の履き物に履き替え始めた。外へ出てくるつもりのようだ。

多智花に介助されて、ステップを降りてくる。

「まあ、富士山。素敵ね」

外に出て、第一声がそれだった。夫人はまぶしげに手をかざして、山を眺めていた。

「わたし、本物の富士山を見たのは、初めてじゃないかしら」

声色から、夫人の感嘆がびしびしと伝わってくる。

「この辺りを少し歩かれたら如何《いかが》でしょう。そのほうが血液がよく巡りますよ」

「奥さま、あちらには海も見えますよ」

「あら、ほんと」

多智花に手を取られ、杖をつきながらそろりそろりと足を踏み出していく。

キャンカーから二人が離れたのを見届け、浜浦は収納スペースからディレクターズチェアを取り出し、クルマが作るわずかな日陰に広げた。夫人が戻ってきたら、座ってもらうつもりだ。それほど、柔和な陽光と穏やかに澄んだ大気は心地よかった。

二人は五分ほどで戻ってきた。夫人に椅子を勧め、浜浦はトイレのある建物に向かった。

小用をすませて帰る際、駐車場の真ん中、ワンボックスカーの陰になったところで、数人の男たちが何やら揉めているようだ。無視してもよかったのだが、青い背広が一瞬見えたので、浜浦の足は自然とそちらに向いた。

やはりあの男がいた。美合パーキングエリアで多智花に因縁をつけ、高速道路上で、浜浦のキャンカーを煽った男だ。ただ、状況は想定外だった。居丈高《いたけだか》になっているのは、青背広の男ではなく、周囲の男たちだった。五人の派手な衣装の面々が、青背広の男を取り巻き、詰め寄ったり小突いたりしていた。

男は多勢の相手になす術もなく、ただ両肩を縮めて守りの態勢をとるばかりだ。仏頂面だが、目には怯えを浮かべていた。

関わるべきではない。この十年培われた理性が、浜浦を強く制止する。理性に従い足を返そうとしたとき、視線の先で、見て見ぬふりをして逃げるように去っていく学生が目に入った。その若者の後ろ姿に、見すぼらしいものを感じた。服装ではない。心根だ。なぜか、同じように見られるのが耐えがたかった。返しかけた足が止まる。だからといって、これだけの人数を相手に立ち回りを演じる力は持ち合わせていない。

何秒か、頭の中で葛藤が繰り返された。ついに、脳の隅がわずかに閃き、気づいたら、浜浦は男たちに向かって足を一歩進めていた。

「どうかされましたか」

囲んでいる男たちの背中から、声を飛ばした。

色鮮やかなデザインの上衣をなびかせ、男たちが振り向いた。みんなまだ若い。二十代前半だろう。髪の色も赤、黄、緑、金など様々で、浜浦の感覚では、ちょっぴりヤンチャな兄《あん》ちゃんたちだ。

「爺さん、怪我をしたくなければ顔を突っ込むな」

中の一人、背の高い若者が浜浦をねめつけた。いわゆる、メンチを切ったということだろう。

「怪我は困ります。ただ、このまま見過ごすこともできません。何がありましたか」

「こいつが、俺らのクルマを煽ってきたんだよ。だから、ケジメをつけてやってるだけさ。分かったら、さっさと行け」

ワンボックスは彼らのクルマのようだ。一台分空けて、青のスポーツセダンも止まっている。こともあろうに、こんな連中のクルマを煽ったらしい。懲りない男だ。おそらく、ヤバイ奴らと気づいて、パーキングエリアに逃げ込んだところを捕まったのではないか。

「実は、わたしも被害者なんです。その男に煽られて、もう少しで事故に遭うところでした。ここで、この男の青いクルマを見つけたので、先ほど、一一〇番に通報したところです。折り返し連絡があって、間もなく、パトロール中の交通警察隊が来てくれることになってます」

「ケーサツに電話したのか」

背の高い男が渋い顔をした。

「それは当然でしょう。こんなひどい男を見つけたのですから。ほんとに怖かったんですよ。たまたまこの近くにパトカーがいてくれたようです。すぐに到着するそうですから、皆さんも、一緒に被害を訴えてください」

露骨に舌打ちをして、背の高い男は顎をしゃくった。それを合図に、全員が囲みを解き、ワンボックスに向かった。最後の一人が男の脛にローキックを決め、青背広の男は膝をついた。

窓越しの口汚い悪態を捨て台詞に、ワンボックスは駐車場を急発進して、本線の方向へ走り去った。

青背広の男は、まだ膝をついたまま浜浦を見ていた。警察が来るのなら自らも逃げたいが、足が痛くてすぐには動けない。そんな体《てい》であった。

「安心してください。警察が来るというのは嘘ですよ。あのままじゃ、困ったことになったでしょう。だから、方便で嘘をついてしまいました。じゃ、わたしも失礼します」

男は何か言おうとしたが、言葉は出てこなかった。浜浦は軽く手を挙げて、その場を離れた。気がつけば、近くに多智花が立っていた。一部始終を目撃していたのだろうか。

キャンカーに向かう浜浦に、多智花は歩調を合わせた。

「なぜですか」

「というと」

「あんな男を助けることないじゃないですか」

怒っているような尖った物言いだ。

「助けたかった訳ではないんですが、なぜか声をかけてしまいました。『嘘も方便』というのを実践してみたくなったからかな」

「結果的に、あの男は浜浦さんに救われました」

「いつから、見てましたか」

「浜浦さんが、違う方向に歩いていったので、気になりました。それで、近づいてクルマの陰から見ていたんです。そしたら、あんな結末になってしまいました」

「いいじゃないんですか。あの人も懲りたでしょうから」

多智花が言い返すより先に、浜浦は足を速め、キャンカーの陰に座っている瀬田川夫人のところに行き着いた。

「お待たせしました。さあ、出発しましょうか」

「随分と清々しい時間を過ごせたわ。外の風に当たるのも、時には必要ね」

夫人は上機嫌だった。多智花の介助でキャンピングカーに乗り込み、定位置に座り、スリッパに履き替えた。

浜浦はディレクターズチェアを仕舞った後、運転席に戻り待機した。二人がシートベルトを締めたのを確認し、クルマを前進させた。ここから目的地までは、約百五十キロ。途中から一般道を走り、混雑もするだろうが、それでも三時間もあれば到着するのではなかろうか。日が暮れるまでには、到着したいものだ。

本線に合流し、定速走行に入る。特に、混んでいることもなく、流れはスムーズだ。ペースを変えずにひたすら走り続け、東名高速道路上りとしては最後の給油施設がある海老《えび》名《な》サービスエリアで休憩をとった。パーキングエリアとしてはまだ先に港北《こうほく》もあるが、給油施設はない。ここで補給しておかないと、ガソリンの残量が心もとなかった。腹積もりでは、これがラストのトイレ休憩でもある。

大規模な休憩施設で利用客も多いが、給油をすませ十五分ほどで再出発した。ここまで来れば心も逸《はや》る。その先の料金所渋滞に苛立つ気持ちを抑えながら、東京インターチェンジで高速を降りた。

田園調布の目的地は、瀬田川夫人の息子さんの自宅だ。息子さん、渥美さん、それにお孫さんの三人で暮らしているとのことだが、それにしては広い敷地の洋風住宅だった。米国風のオープンな造りで、前面は芝生の庭。庭の横には屋根付きの駐車場。奥には瀟洒《しょうしゃ》な建物が控えている。芝生の庭には、幼い子ども用の遊具が据えられていた。駐車場には、ベンツとミニクーパーが並んで置かれているが、まだ一台分の余裕はありそうだ。道路沿いには、郵便受けとインターフォンのついたポールが建ててあった。

周囲に目を向ければ、この辺りは世代交代により建て替えが進展しているのか、塀やフェンスできっちり囲まれた家ばかりでなく瀬田川家のような開放的な住宅も多く、地域全体として圧迫感のないゆとりある風景が見て取れた。

キャンカーの停車と同時に多智花がクルマを降り、インターフォンに向かった。すぐに家屋の玄関ドアが開き、三十代前半と思しき女性が顔を見せ小走りにこちらへ向かってきた。渥美さんだろう。

浜浦は夫人の降車を手伝い、まだ暖かさの残る車外へ出た。

「お義母《かあ》さま、お待ちしていました。長旅、お疲れではありませんか」

渥美さんの口調が温かい。浜浦は、ほっとする思いのまま後部へ回り、ハッチを開けて旅行鞄を取り出した。

短い挨拶を交わした瀬田川夫人と渥美さんは、浜浦へ深々とした一礼を残し、建物玄関へのアプローチを話しながら二人してゆっくりと歩いてゆく。その後ろを、多智花が旅行鞄を転がしてついていった。

クルマの横で待つこと十五分。渥美さんと多智花が、やっと姿を現した。

「お待たせしました。義母《はは》を無事に送り届けていただき、誠にありがとうございました。お疲れでしょう。中で少しお休みになられませんか」

実にねんごろな言葉を投げかけてくれた。それだけでこちらの気分もよくなる。

「ありがたいお申し出ではありますが、先を急ぎますので、これで失礼をいたします。奥さまは移動の疲れがお出になったのではありませんか」

「義母はお風呂に入る息子の世話を、喜んでしてくれています。大丈夫そうですね」

「それはよろしゅうございました。そのことをお聞きしたら、もう安心です。これにて失礼をしようと思います」

「分かりました。ご予定もおありでしょうから、無理にはお引き止めいたしません。では、ちょっとだけお待ちください」

渥美さんは身を翻《ひるがえ》し、走って家に戻っていった。

「あの、浜浦さん」

残った多智花が遠慮がちに声を出した。

「はい、どうしました」

「わたしも、これでお役ご免です。できたら、どこかの駅まで乗せていただけませんか」

「ああ、そうでしたか。この家でも介護役を続けられるのかと思っていました」

それにしては、持ち物が少ないとは感じていた。

「そんな話もあったのですが、昨日の電話で、それは渥美さんがされることになりました。どうしても、自分がしたいとおっしゃるので。だったら、わたしもそのほうがよいんじゃないかと考えました」

「なるほど。分かりました。では、駅までお送りしましょう」

多智花の顔がほんのりと明るくなった。

渥美さんが息を切らしてやって来た。

「義母が、くれぐれもよろしくお伝えくださいと申しております。本当に感謝しておりました。それから、こんなところで申し訳ありませんが、これ、義母からの心ばかりのお礼です」

渡された白い封筒には、達筆の墨字で『御礼』と認《したた》められていた。思ったより分厚いので、わずかに躊躇したが、結局はありがたく受け取った。

「わたし、浜浦さんに駅まで送っていただけることになりました」

多智花が渥美さんに伝えると、渥美さんは浜浦に向かって礼を述べ低頭した。

「何もおもてなしできませんでしたので、せめて、こんなものでも」

温かいペットボトルの緑茶を浜浦と多智花に手渡してくれた。どこまでも、できた女性だ。

多智花を助手席に乗せ、浜浦はキャンカーを動かした。膝に手を当てお辞儀をする渥美さんに手を振って、浜浦らは瀬田川邸を後にする。

「やっと終わりましたね。多智花さんもお疲れさまでした」

「浜浦さんこそ、本当にお疲れさまでした。細かい心配りに、奥さまもとても喜んでおられました。ここまで来ることができたのは、浜浦さんのお陰だと手を合わせておられましたよ」

「それほどのことではありません。こうして、お礼もいただいているのですから、それに見合う役割を果たしただけです。でも、この封筒の厚さは過分ではないのかな」

浜浦は内ポケットに入れた封筒に一瞬目を向けた。中を確認した訳ではないのだが、充分過ぎるような気がしたのだ。

「わたしも規定よりたくさんいただきました。気持ちを込めた特別手当だって」

「では、そのお気持ちをありがたく頂戴しておきましょう」

仕送りのためにも、貴重な収入ではある。

「さて、どこまでお送りいたしましょうか」

「浜浦さんはどうされるんですか」

「そうですねえ。少し疲れたので、ちょっと仮眠でもしようかな。ホテルをとるほどでもないので、こいつをどこかに止めて中で寝てみようかと。折角のキャンピングカーですから、有効に使ってみます」

「なるほど」

多智花はしきりにうなずいている。

「夜間に走るのは慣れてないですし、朝になってから、ゆっくりと帰ろうと思います。急いで帰る理由もないですし」

「わたしも、そうなんです。早く帰っても、予定もないですし……」

言いにくそうに、もじもじとしている。

察してしまうのは、亀の甲より年の功か。つい救いの手を差し伸べようとするのは、性分なのか、過去に培われた人道意識の故なのか。無用の口出しは、ここ十年、封印してきたはずなのだが。

「実はですねえ、一人で長距離を運転するのは、心もとないんですよ。できたら、これに乗って一緒に帰ってくれるとありがたいんですけどねえ」

多智花には、今日、新幹線に乗って帰りたくない何らかの訳や事情があるのだろう。深くを訊かず、大人の対応をすることにした。

「えっ、ほ、ほんとですか。わたしはかまわないですよ。何だったら、高速代の半分くらい持ちますけど」

「そんな必要はありません。わたしがお願いしてるんですから。ご迷惑じゃないですか」

「全然。じゃ、そうしましょう」

「でも、出発は明朝ですよ。このクルマの中で二人で仮眠できますか。ジジイですが、わたし、一応、男ですから」

「あはは。平気、平気。問題ないです」

多智花は一笑に付した。それはそれで、心外でもあるが。

「だったら、まず、腹ごしらえでもしましょう。そこで、今後のスケジュールを検討しませんか」

「賛成。わたし、おいしいラーメンと餃子が食べたい」

同感だ。美合パーキングエリアで、岡崎名物の八丁味噌ラーメンを食べそこなったことが思い出された。

「よし。じゃ、賑やかな方向に走って、ラーメン屋を探しましょう」

第２章

大変な一日

三

香ばしいコーヒーの匂いに目が覚めた。運転席の頭上に設営されたバンクベッドで、浜浦は上半身を起こした。仮眠のつもりだったが、すっかり寝入ってしまった。こんなところで眠れるはずがないと思っていたが、予想外の熟睡に驚く自分を発見していた。

昨日は、東急東横線多摩川駅の方向に進む途中で見つけたラーメン店で、二人してラーメンと餃子を注文した。浜浦は味噌、多智花は豚骨だ。濃い味付けながら、旨味が凝縮したおいしいラーメンだった。その反面、餃子は普通の評価だ。まだ、物足りなさそうな多智花の顔色を窺い、チャーハンも追加注文し、半分ずつ食べた。

食事後、周辺を徐行しながら、一晩、駐車できる場所を探した。途中、ドラッグストアで二人して歯ブラシなどを買った。浜浦も、宿泊用具など、何も持ってきていなかった。多摩川駅の近くには多くの公園があり、その周辺で駐車しても邪魔にならない端っこの空地を見つけた。道路から公園入口側に少し入ったデッドスペースだ。私有地や路上での駐車はまずいが、公園敷地の隅の一画なら、ひと夜限りの駐車を許してくれるだろう。

クルマを止め、ダイネットでテレビをつけて、渥美さんから貰った緑茶の残りを飲みながら雑談をしていた。その時、思い出し、内ポケットの封筒の中身を確認した。二十万円入っていた。ガソリン代や高速道路の通行料金を差し引いても、丸一日の報酬としてはかなりの額だ。押しいただいて、元の内ポケットに戻した。その後、寝床を作った。浜浦は頭上のバンクベッド。多智花は、ダイネットのテーブルを折り畳み、四人掛けのシートを組み替えてベッドとした。寝具は、松河社長が新しいものをバンクベッドの隅にまとめて用意してくれていた。

クルマにはガソリン燃焼式のＦＦヒーターも装備されていた。エンジンをかけなくても使用できる。仮に一晩つけっ放しでも、燃料の消費は一〜二リッターだそうだ。だが、使用せずとも寒くはなかった。スマホの充電も、もちろん可能だ。二人して夜の間にすますことにした。歯を磨いて横になると、すぐに睡魔が襲ってきた。

梯子で下に降りると、すでにシートは元の形に戻され、寝具もきっちり畳まれていた。多智花は奥のキッチンコーナーでコーヒーを用意している。

「おはようございます」

今日も張りのある声だ。

「はい。おはようございます。よく眠れましたか」

「ええ、ぐっすり。家で寝るより、よく眠れました」

浜浦も同じ思いだ。時計を見ると、もう八時だった。かなり疲れていたのだろうか。車内のトイレで思い切り放尿した後、顔を洗った。ダイネットに戻って、テーブル席の運転席に近い側に腰を下ろした。

すぐに、多智花が湯気の立ちのぼる紙コップを二つ持って、向かい側に座った。

「ありがとう」

「勝手に使わせてもらいました」

コーヒーは、豆を挽いた粉を松河社長が残してくれていたものだ。紙コップを口に持っていく。苦味の濃い液体が口腔内に広がった。頭がすっきりしていく。

「さて、朝食はどうしますか」

「すぐそばに公園もあります。中を少し歩いて、パンでも買いにいきませんか」

晴れて、爽やかそうな朝だ。多智花の提案は魅力的だった。

「そうしましょう」

コーヒーを飲み終え、車外に出た。着の身着のままだが、着替えを持ってくる知恵が働かなかったのだから仕方がない。浜浦はともかく、多智花も同様の身なりなのでかわいそうな気もした。

樹木と水面が上手に取り合わされた公園は、深呼吸をしたくなる場所だった。二人で散歩を満喫しながら、繁華街の方向へ足を向ける。コンビニを見つけて、パンやお菓子、飲み物などを適当に仕入れた。

クルマに戻ると、五、六歳くらいの男の子がしきりにキャンカーを眺めていた。クルマの周りをぐるぐると歩きまわる様が如何《いか》にも愛らしい。

多智花が穏やかに声をかけた。

「どうしたの。坊や」

男の子の肩が、一瞬、びくっと動いた。わずかに顔をこちらに向けたが、言葉は出てこなかった。逆に、逃げようとした。

「クルマの中を見せてあげようか」

浜浦もできるだけソフトな声を出した。

男の子の動きがまた変化し、そっと浜浦に目を向けた。興味があるらしい。くりくりっとした目のかわいい顔立ちだ。

後部ドアを開けてやると、男の子は覗き込もうとする。

「ユキヤ！　こんなところにいたのか」

背後から叫んだのは、白髪長身の紳士だった。分厚いレンズの黒縁眼鏡が顔の中で際立っている。手にはリード。リードの先には白毛の大型犬が大人しく従っていた。

「こっちへ来なさい。ご迷惑をおかけしてはいけない」

「大丈夫ですよ。このお子さんがキャンピングカーに興味を持たれたようなので、中もお見せしようかと申し出たのはわたしのほうです」

「それはどうも」

紳士が軽く頭を下げたので、浜浦も会釈を返した。

「この子が興味を持ちましたか。それは……意外です」

「小さなお子さんが、キャンピングカーを物珍しく思うのはよくあることではないですか」

「いや、この子には事情があって……」

紳士は言い淀んだ。

「浜浦さん、中で少しお話ししませんか」

多智花が割って入る。いいタイミングでの発案だ。

「おう、そうですね。それがいい。よかったら中をご覧になりませんか」

「しかし、犬もおりますし……」

「ワンちゃんも、ご一緒にどうぞ」

何のこだわりもない浜浦の誘いに、紳士は暫《しば》く逡巡していたが、子どもがまだ中を見たそうにしているのに気づき、意を決したようだ。

「では、お言葉に甘えさせていただきます」

紳士と子どもをダイネットに上げ、向かい合わせでテーブル席に座らせた。犬は床で伏せの姿勢をとっている。よく教え込まれているようだ。多智花が買ってきたばかりのジュースを紙コップ四つに分け、テーブルに置いた。併せて、チョコレートでくるんだお菓子も子どもの前に差し出した。浜浦と多智花はベンチシートに並んで腰かける。

男の子はきょろきょろと車内を見回している。目が輝いているようなので、喜んでいるのだろう。

「まあ、飲み物をどうぞ。こんなところですが、ゆっくりとしていってください」

「ありがとうございます。このクルマでご旅行ですか」

「いえ、旅行とは少し違いますね」

浜浦は首を捻った後、キャンピングカーで東京までやって来た経緯をかい摘んで話した。

「ほほう。それは一種の人助けですね」

「いや、お礼をもらってしまいましたので、もはや純粋な人助けとも言えないですね」

浜浦は正直な思いを口に出した。

「それにしても、いい空間ですね。中がこうなっていたとは。コンパクトだが、生活に必要なものが揃っている」

「ええ。前のオーナーは動くワンルームマンションと呼んでました」

「ユキヤでも興味を持つはずだ」

男の子はジュースを飲みながら、まだ、あちこちに目を向けていた。そのうち、立ち上がり、キッチンコーナーのほうに歩いていく。犬が首を上げ、子どもの行方を目で追った。

「ユキヤくんはどうかされたのですか。何だか、ご心配なようですが」

多智花がユキヤから目を離さないように注意しながら、控え目に問いかけた。

「はあ、このところ、あの子はずっと心を閉ざしていました。何にも興味を示さなくなった」

「どうしてそんなことに」

訊いてもよいのか、訊かないほうがよいのか、浜浦は迷いながらも小さなジャブを放ってしまった。

「実は……」

紳士は訥々《とつとつ》と語り始めた。それによると、紳士の名前は池永真一郎《いけながしんいちろう》。男の子は孫の池永幸也、六歳になったばかり。三カ月前に真一郎の娘である幸也の母親が急死し、以来、外界に心を開かなくなったそうだ。

「幸也くんのお父さんは？」

「早くに娘と離婚して、今はシアトルにいます。娘が入院するまでは、わたしと娘と孫の三人と、この犬とで暮らしていました。娘が亡くなってからは、幸也は何に対しても無関心になり、ほとんど口さえ開きません」

「でも、幸也くんは、なぜかこのクルマには関心を示したんですね」

「ええ、だから、驚いています。テレビのアニメにも、ゲーム機にも、全く目を向けなくなっていたのに」

「だったら、まだ大丈夫ですね。心の芯は折れていません。復活のチャンスかもしれませんよ」

「そうでしょうか。そうだったらいいんですが」

浜浦の言葉に頬を心持ち緩め、池永は紙コップに手を伸ばした。

多智花は立ち上がって、犬を踏まないように後方へ移動した。幸也にトイレを覗かせたり、キッチンの冷蔵庫を開けさせたりして、上手に喜ばせている。

「このままの生活が続けられれば、まだいいんですが、わたしの手術が迫ってましてね」

打ち解けてきたのか、池永はつい言わでものことを口にした。

脊椎管狭窄症《せきちゅうかんきょうさくしょう》で手術が必要なのだそうだ。最低でも、ひと月の入院が必要となるらしい。

狭い車内なので、このやり取りは多智花の耳にも確実に届いている。

「立ち入ったことをお訊きしますが、他に、お身内の方はおられないのですか」

思い切って尋ねてみた。『乗りかかった船』の境地でもある。

「信州松本の農家に、わたしの長女が嫁いでいます」

池永も、もう踏ん切りがついたのか、すんなりと何でも話してくれる。こちらが厄介な人物ではないと見極めたのだろう。

「幸也くんの伯母さんですね。でしたら、一時的にでも、その方に引き取ってもらうのも方法の一つではありますね」

「ええ。選択肢の一つですね。それも有力な。しかし、課題もあります」

硬い物言いだ。何を生業《なりわい》としてこられたのか。

「どのような」

「長女のところも、三人の娘がおります。その上で、もう一人子どもを引き取れというのは忍びません」

「長女の方は何と」

「いつでも連れてきていいと言ってくれてます。でも、わたしに気を遣ってのことではないかと。それに……」

「それに？」

「旦那さんがいい顔をするかどうか。農家って、生活だって大変だろうに」

農家に対する偏見があるかもしれない。

「こういう場合、わたしは、娘さんに甘えてもいいように思いますが」

「そうでしょうか」

池永が上半身を前に乗り出してくる。

「少なくとも、手術の間くらいはお世話になられたらどうですか。向こうが迷惑をしているようなら、退院後、また、こちらへ引き取ればいい」

「うんうん」

「旦那さんの真意を知りたいなら、方法はありますよ」

「どのような」

「そうですね。例えば……面と向かって、『手術代として五百万円貸してくれ』と言ってみてください」

「いや、お金には困っていないんだが」

「真意を知る方法です。それに対する相手の反応ですべてが分かります」

「どう反応したら……」

池永は困惑の表情を浮かべた。

「自ずと分かりますよ」

浜浦は突き放すように言った。

池永は黙り込み、腕を組んだ。

幸也がこちらにやって来て、池永の袖を引っ張った。

「じいちゃん、このクルマ、トイレまであるんだよ。すごいよ」

「おお、そうかい」

池永は破顔し、大きく何度もうなずいた。

次に、幸也はバンクベッドへの梯子を上りたがった。多智花の無言の問いに、浜浦はうなずいた。幸也が上り始め、多智花が幸也のお尻を下から支えていた。犬が心配そうに目をやっている。

「仮に松本まで連れていくとしても、まだ大きなハードルが残っています」

「何でしょう」

「わたしと孫だけではないんです。この犬も連れていかねばなりません」

池永が犬を見やると、犬も白い顔を向けてくる。相通ずるものがあるようだ。長い鼻筋と切れ長の目は哲学者のようでもあり、何とも賢そうに見えた。全身を覆うふかふかの白い毛は、手を伸ばしてつい触ってみたくなる。

「立派な犬ですね。何という種類ですか」

「グレートピレニーズです。ピレネー犬ですね」

「もう成犬ですか」

「九カ月です。娘が幸也のために飼いました。現状でも四十キロありますが、成犬になると、六十キロくらいにまでなるそうです。今でも大きいのに、あと半年もすれば、散歩するにもわたしの手に負えるかどうか怪しいもんです」

「そのワンちゃんも一緒に松本へ連れていくしかない。でも、どうやって連れていくか、悩んでおられる」

「その通りです。鉄道ではとても無理でしょう。わたしは運転免許証を返納してます。となると、タクシーにでもお願いするしかない。でも、こういう大型犬は嫌がられるのですよ。しかも、幸也はクルマ酔いをする質《たち》で、タクシーも現実的ではないんです。いやいや、初対面の人にこんな話を聞いていただき申し訳ないですな」

池永は嘆きに満ちた溜め息をついた。

「だったら、このキャンピングカーで行けばいいじゃないですか。ねえ、浜浦さん。わたしたちでお送りしますよねえ」

梯子のところにいた多智花が、突然、男たちの会話に加わってきた。

多智花に目をやった池永は、その後、視線を浜浦に移してきた。

多智花の思いつきに、一瞬たじろぎを覚えた浜浦だったが、池永の視線が移ってきたときには、そのことを毛ほども感じさせない声を出した。

「確かに、それはいい考えだ。このクルマなら、ワンちゃんも含めた全員を無理なく松本まで連れていけるでしょう」

浜浦は池永を直視して、多智花の提案を追認した。

「そ、そんな厚かましいことが……ほ、本当によろしいんでしょうか。で、でも、幸也が何というか……」

突然の申し出に、池永は戸惑いながらも、その可能性を探っているようであった。

「ねえ、幸也くん。このクルマで伯母さんのいる松本まで行こうか」

多智花が顎をあげ、バンクベッドに乗って遊んでいる幸也に声をかけた。

幸也がバンクベッドの端から顔を覗かせる。

「スマッシュも一緒？」

白犬がぴくんと首を上にもたげた。幸也を気遣わしげに見ている。

「スマッシュというのは？」

「この犬の名前です。テニス好きの娘が名づけました」

浜浦の問い掛けに、池永が応じた。

「もちろん一緒ですよ。お祖父さんもね」

浜浦が幸也に向かって声を大きくする。

「じゃあ、僕も行く」

幸也の言葉を聞いた池永の目が潤んでいるようだ。このところの懸案が解決しそうだからなのか、それとも、孫の心が少し開いたことに、感ずるところがあったのか。

それからが慌ただしかった。われわれがこのキャンカーで送ることは可能だが、できたら出発は今日のうちにしたい。二日も三日も、このまま待っている余裕はなかった。だが、受け入れる相手方の事情もあるだろうし、池永の予定だってある。そのことを池永に伝えた。

「分かりました。わたしの予定はどうとでもなります。まず、松本の長女に相談してみます。少しだけお待ちください」

池永はスマホを取り出し、一人で車外へ出ていった。

残されたものは、うまくいくことを祈るしかなかった。

十五分で戻ってきた池永は、長女が快く受け入れを了承してくれたと笑顔を見せた。

「その割に、時間がかかりましたね」

「何を持っていったらよいか、娘から訊いて、メモを取っていたんです。これから帰って荷造りします」

池永は尻のポケットから手帳を取り出し、振って見せた。犬の散歩にも、手帳を携えている。自ずから、池永の人柄が分かろうというものだ。

荷造りの時間を考慮して、出発は昼の十二時とした。池永の自宅の住所を訊いて、迎えにいくことにする。

一旦、自宅に帰ることを幸也はぐずったが、池永が、このクルマに乗せてもらって松本まで行くためにおもちゃを取りにいくと説得すると、涙目でこくりとうなずいた。

池永、幸也、スマッシュがクルマから降りていった。

「松本のどこかは知りませんが、四、五時間はみておいたほうがいいでしょう。場合によっては、帰宅は明日になりますが、多智花さんはよろしいんですか」

「わたしは大丈夫です。浜浦さんはご迷惑でしたか」

今日はまだ金曜日だ。日曜日の午前中には予定があるのだが、充分に間に合うと踏んだ。

「いえ、あなたの提言に少し驚きはしましたが、問題はありません。『義を見てせざるは勇なきなり』ですからね」

多智花はきょとんとしていた。受けた教育の時代が違うのだ。

「困っている人がいたら、見て見ぬふりをせず助けてあげましょうという意味なんですよ。そんなことより、今のうちに朝食をすませませんか」

「それがいいですね」

多智花がもう一度コーヒーを淹れ直している間に、浜浦は買ってきたパンを並べた。先ほど同様、テーブル席に向かい合わせに座り、朝食のパンを食べ始めた。

「松本に着くと、夕方近くになるでしょう。夜は走りたくないので、また、松本で一泊ということになりますね」

念を押しておく。

「お風呂には入りたいですね」

パンを口に含んだまま、多智花がもぐもぐと言う。

「確かに、そうですね。さすがのこのクルマも、お風呂やシャワーはついてないですからね」

キャンピングカーの中には、シャワー付属のものもあると、ガソリンスタンドの牧田から聞いていた。

「スーパー銭湯でも探しましょうよ。松本なら大きな街でしょうから、きっとありますよ」

「それがよさそうですね」

多智花の申し入れに同意した。髭も剃りたいし、着替えもしたい。コンビニで必要な物を買おう。多智花も同じ思いかもしれないが、それは口にしなかった。

食事をすませた後、大人一人、子ども一人、大型犬一匹の乗車ができるだけ快適になるよう掃除を入念にし、膝掛けやクッションなども準備した。できれば、冷蔵庫の飲み物なども補充しておきたい。

浜浦は、運転席でカーナビに松本市を仮入力し、予め時間と距離を頭に入れることにした。

「仮に、松本市役所を目的地としてカーナビを入れてみました。走行距離は約二百二十キロ。渋滞がなくて、休憩も取らなければ、三時間十分ほどで到着と出ています」

「農家とおっしゃってましたから、もっと遠い郊外かもしれませんね。それに、休憩なしという訳にもいきませんよ。幸也くんとワンちゃんもいるんですから」

後部から、多智花が自分の考えを投げてくる。

「やはり四時頃にはなりそうですね。そう心積もりをしておきましょう。わたしは日曜日には用事があるので、土曜日中に帰れればいいですよ」

松本で一泊しても、翌土曜のうちには帰宅できるはずだ。

途中の自販機で飲み物の補充をする時間も考慮し、十二時ちょうどに池永邸に着くよう、カーナビと時計を睨みながら運転した。

古い平屋建ての池永邸の門前には、池永、幸也、スマッシュが外出着で待っていた。もっとも、スマッシュの毛並みは、常時、余所《よそ》行きの趣があった。

大きなボストンバッグ二つを提げた池永と、リュックサックを背負った幸也が、門前に横づけされたキャンピングカーに乗り込んだ。スリッパの提供に関しては、特に必要ないとのことであった。

幸也が先ほどと同様、テーブル席に進行方向を向いて座り、池永はその対面に落ち着いた。スマッシュは幸也に近い床に腹這いになった。

六歳になっているので、幸也にチャイルドシート着用の義務はない。本当はジュニアシートでもあればベターなのだが、すぐに用意はできない。お尻の下に毛布を折り畳んで敷き、シートベルトの位置を調整した。他にも、肘の置ける大きなクッションをあてがった。クッションは池永にも渡した。脊椎管に支障のある池永は、長時間の乗車が辛いに違いない。クッションをうまく活用して、できるだけ楽な姿勢を取ってもらいたかった。

多智花は助手席に着いた。仕切のカーテンは十センチほど開けてある。

浜浦は詳しい住所のメモをもらい、カーナビに打ち込んだ。市街地ではなく、やはり市北部の郊外で、市役所より十キロ近く距離は長かった。メモには、『笠井太一《かさいたいち》、正美《まさみ》（娘）』の名前も記されていた。

「では、出発します」

掛け声と同時に、キャンカーを発進させた。

淡い青空がフロントガラスの前面に広がっていた。

十五キロほど一般道を走り、調布《ちょうふ》インターチェンジから中央自動車道に乗った。心配していた幸也のクルマ酔いは出現せず、窓から機嫌よく景色を眺めている。スマッシュも特に異常をきたす気配はなく、前足に顎を乗せて大人しくしていた。

テレビを見ることができる旨は、池永に伝えてある。幼い子どもが乗るのであれば、アニメなどのＤＶＤを用意しておくこともできたのだが。

「どこかドッグランのあるサービスエリアはありませんかねえ」

浜浦が多智花に問いかけた。

「スマッシュですか」

多智花がちらりと後ろを見た。

「ええ、彼にもトイレ休憩が必要ですし、少しは走れたりすると、気分もよくなるのではないかなあ」

「調べてみます」

多智花がスマホを取り出した。

「ありました。談合坂《だんごうざか》サービスエリアです」

「ちょうどいいですね。四十キロほど先ですね」

浜浦はカーナビを見て、時間を計算した。到着は一時半頃になるだろう。

この道は、ユーミンの曲名から『中央フリーウェイ』として有名だが、走ったことのない高速道路だ。交通量はそれほどでもないので、今回も、八十キロでの定速走行を目指す。八王子《はちおうじ》ジャンクションを過ぎ、好天にも恵まれた快調なドライブが続く。

午後一時二十五分に、浜浦は本線から談合坂サービスエリアへのランプウェイに入り、前方左手に見えるドッグランに近い駐車スペースにキャンカーを止めた。

このサービスエリアは大きな休憩施設だった。駐車場は広く、今の時間帯でも大型車も普通車もかなりの台数が駐車していた。昼どきならもっと混んでいただろう。

「ここで休憩を取りましょう。よかったらお昼もどうですか。スマッシュには、ドッグランもあります」

「僕、お腹が空いた」

幸也が大きな声で答えてくれた。やはり昼食はまだだったのだろう。浜浦らも食べそこなっていた。

「では、そうさせていただきましょう」

池永が幸也を連れて降車すると、スマッシュも尻尾を振ってついてくる。

浜浦はリードを手にした。

「お二人が食事の間に、わたしがドッグランでスマッシュを走らせてきてもよろしいですか」

「ご面倒ではないですかな」

「全然。わたしもワンちゃん大好き人間なんですよ」

そんな言葉が口から出るのは何年ぶりだろう。固く凍結されていたものが徐々に融《と》けていくような、強張っていたものが少しだけ緩むような、そんな妙な気分だった。

「では、ご厚意に甘えさせていただきます」

池永は律儀に礼をした。

「じゃ、多智花さん、売店で何か買ってきてもらえますか。後で精算しますので」

多智花はしっかりうなずき、池永らと建物に向かった。

浜浦はリードを張り、スマッシュを駐車場の奥に設置されたドッグランに誘った。

やや小高く作られたドッグランは、平日のせいか空いていた。先客は茶色のマルチーズを連れたご婦人が一人だけだった。胴体部分にかわいい服を着たマルチーズはちょこちょこと広場を走り回っていたが、スマッシュが現れると、一瞬、低い体勢で身構えた。だが、すぐに近づいてきて、スマッシュを嗅ぎまわった。そして、じゃれついてくる。スマッシュは落ち着いたものだ。マルチーズのなすがままに任せていた。

「よく躾《しつ》けておられますねえ」

日除けの帽子を被ったご婦人が話しかけてくる。

「大きいだけで、大人しい犬です」

飼い主でもあるかのように答えてしまった。

リードを外してやると、マルチーズとともに広場を駆け始めた。仲よく遊ぶ様子に、胸の内が自然と和んでくる。穏やかな日射しとも相まって、実に気の休まる時間だった。隣のご婦人も目を細めて眺めていた。ペットに心を癒す力があるのは間違いない。

「浜浦さん」

振り向くと、多智花が紙袋を持って立っていた。

「スマッシュ、うれしそうですね」

「ええ、生き生きとしてますね。たまには、こういうことも必要なのでしょうね」

犬に限ったことではない。人間も、時には心の拘束を解き放つことが必要なのではないか、などと思ってしまう。

暫く、多智花と並んでスマッシュの戯れ駆ける姿を見つめていた。

「サンドイッチを買ってきました。戻って食べましょうか」

息を切らしてスマッシュが戻ってきたタイミングで、多智花が口を開く。

マルチーズとご婦人に別れを告げ、キャンカーに戻り、外でスマッシュに水を与えた。リードを後部ドアの内側にある取っ手に引っかけ、そのまま外で日向ぼっこをさせた。まぶしそうな目でお座りをしている。

浜浦と多智花は、運転席と助手席でサンドイッチを頬張った。スマッシュに見せつけるのは気が引けたし、かといって、飼い主の知らないところで勝手に食べ物を与えるのもよろしくないだろう。

ふわふわで甘い玉子サンドが浜浦の味覚によく合った。

二時前に池永と幸也が戻ってきた。幸也が、開けたままのドアの前で待つスマッシュの首の下を撫でてやっている。

「元気よく走ってましたよ」

浜浦はクルマを降り、池永にドッグランの報告をした。

「ありがとうございました。皆さん、お食事は」

「こちらも昼食は終わってます。さあ、出かけましょうか」

全員が所定の場所に収まると、浜浦はキャンカーを発進させた。目的地まで、まだ百八十キロ近くある。二時間半から三時間は見ておかねばならない。

再び中央道本線に合流する。

多智花がサービスエリアで地図をもらってきていた。

「高速を降りる前に、もう一度休憩しておきたいのですが、百キロほど先に、どこかいい場所はありませんか」

「探してみます」

地図とにらめっこし、距離を計算している。地図を読めないと公言する女性は多いが、多智花は違うようだ。

「ええっと、八ヶ岳《やつがたけ》パーキングエリアか、その次の中央道原《ちゅうおうどうはら》パーキングエリアですね。この二つのパーキングエリアの途中で百キロを超えます。どちらもドッグランはないですけど」

「じゃ、百キロ超えの原パーキングエリアまで走りましょう」

「日本アルプスの周辺を通るルートのようですよ。勇壮な山々の素敵な眺めが拝めるかも」

多智花はカーナビの役割を充分に果たしている。

大月《おおつき》ジャンクションを過ぎ、笹子《ささご》トンネルを抜ける。甲府市の南郊をかすめ双葉《ふたば》ジャンクションを長野方向へ進む。遠くに峻峰がいくつも見えているが、山に詳しくない浜浦には、どれが八ヶ岳で、どれが甲斐駒ヶ岳《かいこまがたけ》か見分けがつかない。

後部では、池永が窓の外を指差して、幸也に解説を垂れているようだ。きっと、若い頃は山男だったのだろう。

八ヶ岳パーキングエリアを横目に通過した。次のパーキングエリアが休憩予定の中央道原パーキングエリアだ。

「次のパーキングエリアで小休止しようと思います」

声をあげて後ろに告げた。

三時二十分。中央道原パーキングエリアに駐車した。駐車スペースは、二割ほど埋まっているだけだ。

「短時間の休憩の予定です。腰を伸ばし、トイレをすませてください。池永さん、歩くのが辛ければ、中のトイレをお使いくださって結構なんですよ」

「わたしは大丈夫です。それより、幸也がスマッシュを散歩に連れていきたいと言ってますが」

「そのくらいの時間はありますよ」

「じゃ、わたしと幸也くんとで行ってきます」

多智花が進んで手を挙げてくれた。

スマッシュを挟んで二人が離れていく。見送った池永と浜浦は、二人で建屋まで足を運び、排尿をすませクルマに戻った。まだ、大気は暖かい。キャンカーの前で幸也らの帰りを待つことにした。短時間の休息だが、池永にディレクターズチェアを出してあげる。

「実のところ、心配なんですよ」

池永が座りながらつぶやくように言った。

「幸也くんが、向こうの家族に温かく迎えられるかどうかですか」

「それもありますが、幸也自身が馴染んでくれるかどうかも気になります」

池永の声は沈んでいた。一つハードルを越えても、また、次の障害物がやってくる。未来に明るい展望が開けないのだろう。

「様子を見て、ダメそうなら、すぐに連れて帰りましょう。ご安心ください」

驚いた表情で、池永が浜浦を見た。

浜浦は軽くうなずいて見せた。

「幸也くんの嫌がることを無理強いするのはやめましょう。一旦、連れて帰って、また次の手を考えたらいいじゃないですか」

言いながら、今晩中に東京へ戻るくらいのことは覚悟した。そんなことになったとしても、日曜日の予定には間に合うだろう。

背後のキャンカーにちらりと目をやる。このクルマに乗ってから、考え方がどんどん前に向く。松河運送に勤めていたときには考えられないような心の変化に、浜浦は自分でも驚き困惑する思いだった。

「ありがとうございます。少し気が楽になりました」

池永は睫毛をしょぼつかせた。

「ところで、幸也くんは、幼稚園の年齢ですよね」

「年長組です。ずっと休んでますが」

「松本で、転入できれば友だちもできるんでしょうけどね」

「そうなればありがたい限りです」

マイルドな風が二人を包んでから、ゆるゆると吹き抜けていった。

「わたしは今年還暦なんですが、池永さんはお幾つですか」

「七十七です」

「では、もうお仕事は引退されてますね」

「ええ、定年まで国税局に勤め、その後、二年前まで税理士事務所でアルバイトのようなことをしておりました。仕事バカですよ」

おそらく手堅い仕事をこなしてきたのだろう。いささか融通に欠ける堅物として。

「税務のエキスパートですね。そのような腕のある方は羨ましい」

「いやいや、もっと、家庭を顧みるべきでした。それを心から悔いています。仕事ばかりでなく、家族に意を用いるべきでした。そのツケが、今、回ってきてますね。女房にも娘にも先立たれ、その揚げ句、孫のことで心を痛める破目になってます」

「うーん。少し違うような気がしますね。亡くなった奥さんも娘さんも、あなたがいたから残されたものを託せた。あなたがいなかったら、どんなにか気掛かりで、死ぬに死ねなかったでしょう」

「そう……ですか」

「ええ、あなたは自分勝手な解釈をして自らを貶《おとし》め、その結果、落ち込んでおられる。今は、そんな場合ではなく、託された幸也くんの幸せを見つけることに全力を尽くすべきでしょう。それが、きっとあなたの幸せでもあるはずです」

若輩の部外者が、他人の苦衷《くちゅう》に立ち入りすぎただろうか。振り返れば、浜浦に偉そうなことを言える資格などない。浜浦より、ずっと真面《まとも》な人生を送ってこられた大先輩に対し、もっと言葉を慎まねばと、浜浦は自らの胸に強く釘を刺した。

視線を下に落とし、池永は必死で考えているようであった。暫くしてから、池永は顔を上げた。何となく、重荷を下ろしたようなすっきりした印象を漂わせている。

「今日、会ったばかりの人に、こんな愚痴のようなことを聞いてもらって申し訳ない。でも、何だか心の蟠《わだかま》りが解け、勇気らしきものが湧いてきた気がします」

浜浦の自戒とは逆に、出過ぎた物言いが功を奏したのだろうか。

建物の方向から、多智花らがこちらへ向かってくる。

「じいちゃん、スマッシュもオシッコしたよ」

その笑顔から、幸也はご機嫌のようだ。

「わたしたちもおトイレをすませてきました」

多智花も、微笑みながら報告する。

みんなが、いい休憩時間を過ごせたのではないか。

「じゃ、出立するとしましょうか。残り七十キロほどです。できれば一気に行きたいですね」

チェアを仕舞い、それぞれの着席を促す。高速を降りてからの時間が読みにくいが、到着時刻は五時を過ぎないのではないか。

全員のシートベルトを確認してから、クルマをスタートさせた。三時四十分だった。

暫く走り、諏訪湖《すわこ》サービスエリアを通過する。右側奥には、諏訪湖の平らな湖面が広がっているはずだ。その先の岡谷《おかや》ジャンクションを右手にとり、長野自動車道に入る。そこから二十数キロ走ると、前方に松本インターチェンジの表示が見えた。

高速道路を降りる。一般道は市街地に向かうクルマで混雑していたが、流れが滞るほどではない。一瞬だけ松本城の天守が視界をかすめたように思ったが、見直す間もなく、カーナビは郊外へ方向を変えるよう指示を出した。まだ、日は残っている。商業地域から住宅地へ、さらに田園風景へと窓外は変化していく。いつの間にか、クルマの流れもスムーズになっていた。何度か右折、左折を繰り返して、野菜畑の中の道を進むとカーナビが目的地に近いことを告げた。

前方左手に立派な瓦屋根の農家が現れた。周りは畑ばかりだ。その中に、ポツンポツンと農家が点在している。

池永の声に従い、道路からそのまま広い前庭にキャンカーを乗り入れた。

玄関脇に木の表札が掲げられており、『笠井太一・正美』の名が併記されている。

すぐに玄関引き戸が開き、四十歳前後の女性が姿を見せた。池永は急いでシートベルトを外し、クルマから降りようとしていた。

多智花は助手席から後部へ移り、幸也のシートベルトを外す手伝いをした。

浜浦は運転席から素早く外へ出て、池永がクルマから降りるサポートをした。そこへ、女性が近づいてくる。

「お父さん！」

「正美。今回は世話をかけるな」

声が詰まりがちだ。

「心配しないで。こっちへ来てくれたほうが気を揉まなくていい分、よっぽど楽なんだから」

ふくよかな顔の大柄な女性で、言葉からも人柄のよさがにじみ出ている。

多智花が、リュックを背負った幸也の手を引いて降りてきた。その後ろからスマッシュもついてくる。

「幸也ちゃん、よく来てくれたわね。待ってたのよ。会いたかったぁ」

正美が思いやりに溢れた声で幸也を迎えた。しゃがんで目線を合わせ、幸也を抱きしめた。スマッシュも鼻を寄せてくる。

「これがスマッシュね。大きくてきれいな犬だね。子どもたちも喜ぶわ。さっ、中へ入ろう」

正美は立ち上がり、幸也の肩を抱きながら、玄関へ向かう。玄関の内側では、娘さんたちが興味深そうに外の様子を窺っていた。

「今日はね、幸也ちゃんの大好きなハンバーグよ。おいしいわよ。幸也ちゃんのママのハンバーグと同じ味。だってね、一緒にお祖母ちゃんから習ったんだから」

正美の声が次第に遠くなっていく。

玄関の中で、幸也を迎える子どもたちの歓声とスマッシュを見た喚声が相次いで聞こえてきた。

池永はボストンバッグを車内に取りに戻り、両手に提げてステップをよたよたと降りてきた。一つ持とうと浜浦が手を差し出したが、池永は大丈夫というように首を振り、そのまま玄関の中へ入っていった。

庭に取り残された形の浜浦と多智花は、所在なげに辺りを見回すしかなかった。漸《ようや》く、日がかげり始めた。大気はまだ暖かみを保ち、濃厚な土の匂いが鼻孔に侵入してくる。周囲に植えられた松や百日紅《さるすべり》の木々の影が長く庭に伸びていた。

「待つしかないですよね」

多智花が顔を向けてくる。まだ、お別れの挨拶もできていないし、お礼もいただいていない。そう顔に書いてあった。

「それしかなさそうですね」

同意した浜浦には、もう一つ理由があった。幸也が、正美の家族とうまく打ち解けなければ、東京へ連れて帰ることも視野に入れていたからだ。そう、池永に言い切った以上、約束を反故にすることはできない。

一旦、クルマの中に戻ろうとしたとき、エンジン音とともに、軽トラックが庭に入ってきた。荷台には、籠に詰め込まれた野菜が満載されている。収穫されたばかりのようだ。エンジンを切ると、作業服に帽子の男が降りてきた。小柄だが、がっしりした体軀で、動きは俊敏だ。

「お義父《とう》さんを送ってきてくれたんね」

男が浜浦の前に立った。首にタオルをかけている。

「ええ、五分ほど前に着かれました。皆さん、お元気です」

浜浦は帽子を取って挨拶をした。

「そりゃあ、よかった。幸也くんも来れたんだね」

「はい。ピレネー犬のスマッシュも一緒です」

「みんな無事で何よりだぁ。犬も大好きだじぃ」

男は白い歯を見せ、タオルで黒い顔を拭いた。

「こちらのご主人ですか」

「そうずら。正美の夫の笠井太一と申します。今回は無理を聞いていただいてすまんかったね。これでひと安心だぁ」

笠井はきっちりと頭を下げた。

「わたしはこのキャンピングカーの運転手の浜浦と申します。こちらは多智花さん。縁あって、池永さんたちをお送りすることになりました」

多智花はぴょこんと頭を下げた。

「こういうクルマでなかったら、たぶん来れてないわぁ。本当に、よかった」

「皆さん、中でお待ちですよ。どうぞ行ってください」

「ありがとう。今日は早朝に続いて二度目の収穫でね、帰りが遅くなったんよ。明日の朝一で仕分けをしてから、農協と道の駅へ出さんといかんのでね」

「白菜ですか」

多智花が質問する。

「今は、白菜、レタス、アスパラガスが中心だね。うちのはうまいよ。ブドウもやっとるけど、収穫は十月になるね。ブドウもとっても甘いんだに。幸也くんもきっと好きになる」

笠井の日焼けした顔からは、何の屈託も感じられない。幸也を引き取ることに、一片の疑問も抱いている様子を見せなかったが、念のためだ。

「あのう、ちょっとお訊きしてもよろしいですか」

玄関へ向かう笠井の背中に、浜浦は思い切って声をかけた。

「何かいね」

笠井は振り返る。

「笠井さんのお宅では、すでにお子さまが三人もおられるとか。そこに、もう一人幸也くんが加わることは、よろしいんでしょうか」

「はあ？　ダメな訳があらすか」

笠井は質問の趣旨を理解していないのか。

「いろいろと大変なことがあるのではないかと」

「何もないっちゃ。賑やかになって、よかとよ」

笠井は首を振りながら、おかしな方言を使って、お茶目っぽく笑った。

玄関の中へ消えていく笠井を二人して見送る。

「心配ないようですね」

多智花の言葉に、浜浦もうなずいて返した。池永の杞憂の一つは解消されたように思った。残るもう一つは幸也自身の問題だ。

玄関の引き戸が音を立てて開き、子どもたちが駆け出してきた。先頭に幸也がいる。

「おじちゃん、おねえちゃんたちに、このクルマの中を見せてあげていい?」

浜浦の前まで来た幸也が、切なる眼差しとしっかりした口調で尋ねてくる。

「幸也くんに頼まれたら、おじちゃん、断れないなあ。いいよ。さあ、どうぞ」

浜浦はできるだけ温顔を作り後部ドアを開けた。

「いいって」

幸也が女の子たちを先導し、クルマの中へ入っていく。

多智花が笑みを送って寄越した。

笠井が再びずんぐりした姿を見せ、浜浦に近づいてきた。後ろには、スマッシュが尻尾を振りながらついてきている。

「中でお茶でも飲まんかいねぇ。お疲れになっとるでしょう」

「いえ、おかまいなく。子どもたちを見ているほうが疲れは取れますから」

ダイネットのシートで寝転んだり、バンクベッドに登ったりと、幸也と三人の姉妹ははしゃぎ回っている。一人が最後部のミニキッチンで水を流すと、驚きの声を発した。新たな発見だ。その声に、他のみんなも最後部へ集まってくる。トイレを覗いたり、冷蔵庫を開けたりするたび、キャアキャアとかしましいが、少しもうるさいとは思わない。ぼんやり眺めていると、自然に口もとが綻《ほころ》んでくる。久しぶりのことだ。

「ほら、どうもないでしょ」

ドアから一緒に見物していた笠井が、浜浦の懸念を見透かしたようにつぶやく。

「確かに、おっしゃる通りです。いらぬ取り越し苦労でした。よろしくお願いいたします」

笑い顔のまま、笠井は力強くうなずいた。

ひとしきり車内で遊んだ後、四人の子どもたちは、ドアの前で待っていたスマッシュも加え、一団となって家に帰っていった。途中、幸也が振り向いて、うれしそうに手を振ってくれた。それが、浜浦にも、おそらく多智花にも、何物にも代えがたい報酬であった。

池永と正美も夕暮れの庭に出てきた。

「一休みされませんか」

池永は凝りがほぐれたような安堵感を漂わせていた。懸念のいくつかがすでに解消されたのではないか。このまま幸也を連れて帰る必要はないのだろう。

「ありがとうございます。こちらでの用件が終了ということであれば、失礼させていただきたいのですが」

「今日、わたしどもから、これ以上お願いすることはありません。お帰りの前に、ご休憩されたらどうかと思っただけです」

池永の眉毛には感謝が込められていた。

「でしたら、お気持ちだけで充分です。われわれは先を急がねばなりません」

先を急ぐと言っても、夜間走行をするつもりはない。できれば、早めにスーパー銭湯を見つけたいだけだ。

「そうですか。ここまでお世話になりすぎましたので、無理強いはいたしません」

池永は上着の内ポケットから白い封筒を取り出した。

「些少《さしょう》ですが、ご笑納《しょうのう》ください。心からのお礼の気持ちです」

礼を言うにも堅い性格が現れる。受け取った封筒には『松の葉』と書かれていた。松の葉に包むほどわずかであるという意味だ。実費程度なら、受け取ることに支障はあるまい。

「お気を遣わせました。せっかくのご厚意を無下にはできません。遠慮なくいただきます」

浜浦は封筒を押しいただいた。

「では、これにて出発いたします」

池永、笠井、正美の三人にきっちりお辞儀をして、浜浦と多智花はクルマに乗り込もうとした。

「野菜を持っていかんかいね」

笠井が声とともに動き、軽トラックの荷台から野菜の籠を物色し始めた。積んであった段ボール箱に次々と入れていく。

「いえ、あのう……」

有無を言わせない空気を感じ、浜浦は次の言葉を飲み込んだ。

段ボール箱はすぐに一杯になった。野菜で山盛りとなった段ボール箱を、浜浦は笠井から受け取った。ずしりと重い。苦笑しつつ礼を言うしかない。後部ハッチを開けて、収納スペースへ何とか収めた。

この上の長居は無用だ。浜浦は運転席に着き、多智花は所定の助手席に座を占めた。窓から最後の挨拶をすませ、バックで庭から公道に出て、笠井家を後にした。ドアミラーにスマッシュの姿がチラリと見えた。別れを告げに出てきたのか。

黄昏《たそがれ》どきの畑の中、キャンカーは元来た道を戻っていく。辺り一面に人影はない。と思ったが、よく見れば、まだ農作業をしている人がいるようだ。

『寄りてこそ　それかとも見め　たそかれに　ほのぼの見つる　花の夕顔』

源氏物語の中の和歌が頭の中に浮かんでくる。夕顔に対する光源氏の返歌だったか。

黄昏は『誰そ彼』とも書く。明け方は、『彼は誰《かわたれ》』。いずれも薄暗い光の中で、相手が誰か見極めにくい状態を指す。何とも優美な表現で、日本語の中で、浜浦が一番好きな二つの言葉だ。

「あのおうちなら、幸也くんもすぐに馴染みそうですね」

多智花がしみじみとした口ぶりで言った。

「ええ、わたしもそう思いました。池永さんも安心されたことでしょう」

思考を切り替え、浮かんだ歌を拭い去って、そつなく多智花に応じた。

「お野菜、どっさりいただきましたね」

「多智花さん、たくさん持って帰ってくださいね。わたしはそんなに必要ないですから」

「ありがとうございます。でも、一人でそんなに食べ切れるかしら」

「というと、多智花さんも独り暮らしですか」

立ち入ったことを訊くつもりはなかったが、成りゆきで、つい、質問になってしまった。

「ええ、西宮のマンションに一人で住んでます。学生のときから変わっていません」

それがきっかけになって、多智花は自分のことを簡単に紹介し始めた。

神奈川の生まれで、高校までそこで育ち、大学は関西にある私学。西宮市に居を構えて十年になるとのこと。大学で介護福祉関係の分野を学び、その系統の神戸にある会社に就職したが、人間関係に悩み、我慢を重ねた末、五年勤めて去年退職。その後は、資格を活かして介護派遣の会社に登録し、単発ものの介護の仕事を受けながら、何とか生活しているとのことだった。

「だから、瀬田川の奥さまのお世話も、最初は派遣会社ルートでの仕事でした。その後、個人的に呼んでくださるようになってました。ああいう、直接、人と接する仕事がわたしには合ってるように思います」

勤めていた会社では、現場勤務を経て本社に移り、その後はデスクワークが中心となったようだ。

「瀬田川夫人と相性もよかったのでしょう」

「確かに、そうかも。わたしとちょうど五十歳違いなんですけど、とっても気が合っちゃって、お世話していても楽しかったです。ほんとのお祖母ちゃんみたいでした」

多智花は二十八歳。瀬田川夫人は七十八歳らしい。祖母と孫でもおかしくない。

「向こうも、お孫さんのように思ってらしたんじゃないですか」

「それなら、うれしいです」

「ところで、神奈川出身だったら、今回、帰省しなくてよかったんですか。せっかく、田園調布まで行ったのに」

「いいんです。両親は亡くなってますし、兄夫婦とは、疎遠なんです」

他人のプライバシーには深入りしないと決めている。人にはそれぞれ触れられたくない人生がある。それ以上の質問は控えた。

「それならいいんです。そろそろスーパー銭湯を探しませんか。できたら、コンビニにも立ち寄りたいですしね」

「そうでした。すぐに探します」

多智花はスマホを取り出した。

畑から広めの道へ出て、市街地へと向かって走る。

「この先にコンビニがあります。左側です」

百メートルほど先にコンビニが現れた。ウインカーを出して、駐車場へ入れる。

「見てください。松本の市街地に入る前に、『温浴施設　中信濃の湯』というスーパー銭湯があります。レストランもついてますね」

多智花がスマホの画面を見せてくる。

「そこでいいんじゃないですか。カーナビに入れてみましょう」

ここからなら、五キロほど先と画面に出た。

「よし。この『中信濃の湯』でお風呂に入りましょう。その後、食事をして、クルマを止められるところに移動するということでどうですか」

「賛成。じゃ、ちょっとこのコンビニで買い物をさせてください」

「オーケー。その前に」

浜浦は、池永から受け取った封筒を取り出し、封を切った。中の札を声を出して勘定する。万札が十枚あった。思ったより多い。池永に過分な負担をさせてしまったが、今さら返すことはできない。仕方がない。半分を無造作に抜き出し、多智花に渡した。

「ちょっとこれ、多すぎます。五万もありますよ」

「いいじゃないですか。ちょうど半々です」

「だって、このクルマの経費を引かないと。ガソリン代とか」

「それは瀬田川夫人から往復分を充分にいただいてます」

「でも、遠回りになってるし……」

「細かいことは言いなさんな。池永一家をお送りしたのは、二人で協力してやったことです。どちらが欠けても、実現はしてなかったでしょう。だから、半々です」

「はい」

多智花は小さな声を洩《も》らした。

「きっと、池永さんも幸也くんも、いや、笠井さん一家だって、喜んでおられると思います。いいことができた。そう思うんです。あなたがいてくれたお陰で」

くすんと多智花の鼻が鳴ったように聞こえた。

「じゃ、買い物タイムのスタートだ」

二人別々に、コンビニで下着など必要なものを買い揃えた。

多智花も大きな袋を提げて戻ってきた。予期せぬ二泊目ともなれば、浜浦以上に、必要なものが多いのではないか。

コンビニを出て五キロの夜道を走り、カーナビの誘導に従って幹線道路からやや逸れたところにある温浴施設に着いた。

広い駐車場だが、半分は埋まっている。平日の夜なのに、かなりの人気施設なのだろうか。駐車マスぎりぎりの車幅なので、邪魔にならないよう隅っこに止めた。

タオルや下着などをあり合わせのポリ袋に入れ、玄関で靴を預けて受付に行った。入浴代を二人分支払い、人のよさそうな受付係の女性に試しに尋ねてみた。

「キャンピングカーで来ましたが、ここの駐車場で夜明かししたらダメですよね」

「いえ、よかったらどうぞ」

「えっ、いいんですか」

「ええ。よくあることですから。ここでお風呂に入って、食事をされて、それからクルマに戻って睡眠をとられる方は、結構、おられます」

「ありがたい」

思わず声が出た。これで風呂上がりに、道の駅などの駐車場を探し回る手間が省ける。重量のあるクルマを動かすと、何となく力仕事をした気分になる。自分の筋肉なんぞ、わずかしか使っていないのに。本日の運転は打ち止めと決まり、解放感が一気に押し寄せ、心が急に軽くなった。

多智花の顔にも笑みが広がっている。

二人でお風呂場に向かい、途中で左右に分かれた。

脱衣場に、泉質の表示が掲げられていた。単純硫黄冷鉱泉、ナトリウム－炭酸水素塩泉とある。効能は、神経痛、筋肉痛、疲労回復など、十数項目並べられていた。肌がすべすべになるとの記述もある。多智花が喜ぶだろう。

広い湯船に浸かって足を伸ばすと、溜まっていた体内の疲労がじわじわと染み出ていく。体が軽くなり、踵も浮き、実に快適だ。浜浦は、ぼんやりとした頭で今日一日を振り返った。思いもかけぬ展開で信州松本まで来てしまったが、不快なことではない。むしろ、ある種の充実感さえ覚えていた。

一週間前には想像もつかない生活だ。運送会社の事務所で古い机を前にして、注文伝票を手に、運ぶべき荷物、行き先を考慮し、トラックと運転手の一覧票と睨めっこしながら、不公平にならないよう、また過重にもならないようバランスよく仕事を配分し、整理していたのだ。その自分が、こともあろうにキャンピングカーを運転し、信州松本までやって来て、うっとりと温泉の湯に身を委ねている。人生、何があるか分からない。

憂き世の嫌なこと、面倒なことを忘れさせてくれる時間がゆるゆると流れていく。このまま、いつまでも湯に漂っていたかった。

四

明かり取りのガラス窓が白く光り、朝が来たことを告げていた。バンクベッドの浜浦は、今日も熟睡できたと感じていた。案外、キャンピングカーでの就床が性に合っているのかもしれない。

昨日は風呂から上がって、レストランで夕食をとりながら久しぶりに生ビールを飲んだ。

クルマを動かす必要がなくなったので、このところの自分にご褒美のつもりだった。アルコールは強くはないが嫌いではない。ビールの成分が、五臓六腑に行き渡り吸収されていくのが実感できた。

キャンカーに戻ると、歯を磨いてさっさとバンクベッドに上がり、ぐっすりと眠りこけてしまった。この夜もＦＦヒーターは不要だった。

「朝食、できてますよ」

多智花が呼んでいる。

下に降りて、まず、パンパンの膀胱を解き放った。それから、ざぶざぶと顔を洗い、歯磨きとうがいもすませた。ダイネットに戻って、テーブルの前に座る。いつも通り浜浦が運転席側だ。多智花が手品よろしく白い布をぱっと取った。目の前に、アメリカンスタイルのブレックファーストが出現した。

「おっ。こ、これ、どうしたのかな」

「わたしが作りましたけど、何か？」

「いやいや、どこから調達したのですか」

コーヒーと蜂蜜のかかったパンケーキ。それだけでなく、オレンジジュース、サラダとハムエッグ、大きなフランクフルトソーセージが偉そうに寝転んだ紙皿まである。

「昨日、コンビニで買っておきました」

しれっと言って、多智花は前に座った。

「そうでしたか。いいことが続きますね。じゃ、いただきましょう」

浜浦の感覚では、一流ホテルにも匹敵する豪華な朝食だった。こんなところで味わえるとは思っていない。食が進み、五分で完食してしまった。

「とてもおいしくいただきました。ありがとうございます」

「お粗末さまでした」

「ご馳走になってよろしいのですか」

相手の負担が気になった。

「もちろん、わたしのおごりです」

多智花は少し胸を張った。

八時になっていた。浜浦は外に出て、清涼な大気を胸一杯に吸い込んだ。肺の中が隅々まで洗浄される。今日も晴れそうだ。意外と近いところに見える山稜は有名な山々なのだろうか。

「今日こそ、帰宅できますね」

いつの間にか、隣に多智花が立っていた。

「そうですね。やっと帰れます。帰ったところで、何が待ってる訳でもありませんが」

仕事を失ったままだ。これからの人生をどうやって暮らしていくか、本気になって考えるときが迫っている。でも、それを考えるのは帰ってからでいいだろう。

「わたしもです。未来に明るい希望がありません」

重い内容を、多智花は表情を変えずに口の端に乗せた。若いに似ず厭世的なことを言う。

「未来のことは誰にも分かりませんよ。口にすれば、本当になってしまいます」

「言っても言わなくても同じです。わたしに明るい未来はない。浜浦さんは、明日までに帰らないといけないんでしょ。待ってる何かがあるということじゃないですか」

突っかかるというほどではないが、どこか棘があり、投げやりでもある。多智花の新たな一面であった。

「待ってるのは過去の自分です」

「どういうことですか」

「正しくは、過去の自分に向き合う日、ですかね」

「過去の自分に向き合う？　そんなことしたいですか。わたしはしたくない」

「なるほど。でもね、したくなくても、しなければならないこともあるのですよ」

悲しさが胸に充満しているのに、意外と厳しい声音になってしまった。禅問答のようでもある。そのやり取りの無益さに、浜浦は気づいていたし、おそらく多智花も分かっていただろう。

出発の前の車両点検をする。予備電源のバッテリーメーターはまだ余力があることを示していた。ガソリンメーターの針は残量が半分足らずであると主張している。こちらは、どこかで補給が必要だ。車内のシンク用の水も減っていたので、温浴施設に頼み、二十リッターの容器二つを満杯にさせてもらった。頼みついでに、排水タンクの水も捨てさせてもらうことができた。トイレの汚水タンクは、できる限り使用を控えたこともあり、かなりの余裕があった。エンジンルームやタイヤなどの外回りは、どこも問題がなかった。

その間、多智花は車内の清掃を丹念に行っていた。スマッシュを乗せたこともあり、床の絨毯についた毛まで、一本一本拾い集めていた。最後に、備え付けの消毒スプレーをあちこち噴霧して気がすんだようだ。

受付で礼を述べて、八時四十分に『中信濃の湯』を出発した。少し風があり、青空に白い雲が吹き流されていく。多智花と相談し、よい機会なので松本城周辺くらいは観光しようということになった。途中でガソリンを補給すればよい。

カーナビによると、浜浦の自宅までは約四百キロ。六時間弱でたどり着けると出ている。少々立ち寄りをしたとて、夕方までには楽に帰宅できるだろう。

昨日は日が暮れていて、よく見えなかったが、幹線へ出るまでの道は広大な野菜畑を貫くルートであった。前方にバス停が見えたので、バスが通れるくらいの幅員はあるということだ。キャンピングカー程度なら安心して走行できる。畑の奥には、人家も散在していた。

道の両側に広がる畑では、しゃがみ込んで作業をする野良着の女性の背中がぽつぽつと見える。如何《いか》にものどかで、何百年も変わらない風景かもしれない。

「あれ。今の……」

多智花が声をあげた。

「どうかしましたか」

「通り過ぎたバス停に、人が倒れていたように見えたんですが」

浜浦は気づかなかったが、反射的にブレーキをかけた。不快なタイヤの摩擦音とともに、キャンカーは前のめりに止まった。ギヤをバックに入れ、モニターを見ながらクルマを後退させていく。バス停の標識の横まで戻った。

「ほら、見て」

多智花が窓の外を指差す。

確かに、少しだけ路肩が広くなっているバス停の標柱の根元に、髪の長い女性がうずくまっていた。浜浦はサイドブレーキを引き、ドアを開け地面に飛び降りた。多智花も同時に反応し、助手席側から車外へ出た。浜浦がクルマの左側面に回ると、多智花が先に、倒れている女性の上に屈み込んでいた。

「大丈夫ですか」

多智花が声をかけているが、相手の声は聞き取れない。

「救急車を呼びましょうか」

浜浦が投げかけたが、その提案には答えず、多智花は耳を近寄せて、相手の言葉を聞こうとしている。

「呼びますよ」

再度の問い掛けに、多智花が顔を上げた。

「妊婦さんです。臨月で、もう陣痛も来ています。破水もしているようです」

「じゃ、急がないと」

「それが、間に合いそうにありません。もう、赤ちゃんが出かけてるそうです」

「それは困った。だったら、とにかく中に運びましょう」

浜浦はダイネットへのドアを開け、駆け上がって手早くテーブルを取り外して平らなベッドを作った。その上に新しいシーツを何枚も重ねて敷く。自分でも驚くほどの見事な手際だった。多智花が車内を消毒までしてくれていたのは、結果的には正解だ。

多智花のところに戻り、二人して女性を抱え上げ、苦労して車内の急造ベッドに寝かした。女性の持ち物と思われる、大きく膨らんだ手提げのバッグも車内に移す。その間、女性の喘ぎ声は悲鳴に近くなっていた。

近くで農作業をしていた女性の幾人かが、立ち上がり腰を伸ばしてこちらを窺う。見方によっては、身重の婦人を無理やり拉致する不埒者《ふらちもの》に見えなくもなかろう。

「赤ちゃんが生まれます。この近くにある病院をご存じないですか」

浜浦は外へ出て大声で呼びかけた。そこに、自らが不審者ではないことを示す意図も含ませた。

女性が左と右から二人、別々に近づいてきた。二人とも野良着にモンペ姿だ。

「産気づいたかやぁ」

右から来た年配の女性が頬かむりをしたまま訊いてきた。

「そのようです。もう時間がないみたいなんです。病院へ運びたいのですが」

「ちょっとばかり遠いぞ。間に合うかいのう」

「といっても、それしか方法が……」

もう一人のやや若いほうの女性が、ドアから首を突っ込み、中の多智花と言葉を交わしている。

「どうやら間に合わんようやぞう。ここで産むしかないらぁ」

驚愕の言葉を、当然のように言った。

「ここで、ですか。このクルマの中で？」

「それしかねえずら」

年長の女性も同意する。

「お湯がいるだにぃ」

若いほうが泥だらけの長靴を脱いで、車内へ上がり込みながら口にする。

「靴はそのままで結構ですよ」

浜浦は声掛けしたが、聞く耳を持っていないようだ。

「きれいなタオルもな」

頬かむりをとりながら、年長女性も長靴を脱ぎ捨て上がっていく。

「お湯もタオルも何とかなります」

二人の背中に向けて、浜浦が声を張り上げた。迷っている場合ではなかった。水のタンクを満杯にしておいてよかった。

ダイネットの中は、横になっている妊婦、介抱する多智花、農作業を中断してきた二人の女性の計四人で、密度が高まっていた。これ以上入室すると、それぞれの自由な動きが削がれてしまうだろう。

浜浦は運転席に戻り、カーテンを一杯に開けて、奥の様子を窺うことにした。

助っ人の二人は泥土や葉っぱのついた上衣を脱いで丸め、ダイネットの床の隅に置いた。各々シンクで手を入念に洗うと、多智花と交替して、妊婦の状況を子細に確認し始めた。助産経験が豊富なのだろう。二人でひそひそと相談しながら、いろいろと指示を出す。その指示を受けて、実行に移すのは多智花だ。収納棚からありったけのタオルを取り出し、妊婦の頭や腰に当てるクッションも用意した。ガスコンロでお湯を沸かし、あらゆる容器に湯を溜めていく。浜浦はなす術がない。

本当に、救急車を呼ばなくてよいのだろうか。危惧はあるが、今は、それを言い出せる雰囲気ではなかった。妊婦の叫び声からすれば、もう出産は始まっているのかもしれない。

「おい、お前」

突如、厳しい声が飛んできた。年嵩の助っ人からだ。こちらに向けた顔の皺の間に鋭い眼光が垣間見える。

「は、はい」

「生まれてくる子の父親でねえなら、そのカーテンさ閉めとけぇ」

「分かりました」

浜浦は素直に従った。

「やはりここで出産させるおつもりですか」

カーテンの向こうに問い掛けを投げた。

「当たり前ずら。もう頭半分出てきとるだに」

気が気でないが、浜浦には何もできることがなかった。

妊婦の絶叫に近い声は延々と続いた。浜浦は運転席でフロントガラスの向こうの景色に目をやるしかなかった。平らに広がる緑の畑、青で塗りつぶされた空と時たま流れゆく長い尾を引く白雲。畑の果ては高い山塊が遮り、外敵からの自然の防御をなしている。車外では、のどかで平和な時間がゆっくりと流れているようだ。一方、車内では、一つの生命の誕生に、俄《にわ》か作りのチームが必死で奮戦している。カーテン越しにチームの面々の懸命さがひしひしと伝わってくる。

そのどちらにも溶け込めずにいる浜浦は、自身の非力さ、ちっぽけさを改めて痛感していた。

前方の上空で、トビがヒュルルーと鳴いた。暫くして、また鳴いた。その鳴き声は、さっきと方向が異なっている。車内後方から聞こえたのではないか。いつの間にか、妊婦の絶叫がやんでいた。脳のシナプスにいろいろな情報が殺到し、次の神経分野に流れていく。やっと、気づいた。

「もしや、産まれましたか」

背中のカーテンに向かって叫んだ。

「ええ、元気な男の子ですよ」

多智花の声が返ってきた。

ほっとするのと同時に、感動の大波が襲ってきた。新たな生命の出現に、ごく身近で立ち会えたことは何物にも代えがたい体験であった。よくぞこんなクルマの中で産まれてきてくれた。それも自分のキャンカーの中でだ。そのことも無性にうれしかった。

十分ほど後に、やっとカーテンを開けてもよいとのお許しをいただいた。

シーツの上で横になった髪の長い女性の横で、タオルにくるまれた赤ん坊がくしゃくしゃの赤い顔を見せていた。横になった女性は出産に疲れ切ったのか、眠っているようにも見えた。まだ、幼さの残るお母さんだ。

「母子ともにご無事な様子で、何よりですね」

辛うじてそれだけ言って、立っている女性陣を見回すと、全員、赤子に視線を固定し、慈しみに満ちた表情を浮かべていた。

暫くそのままでいたが、いつまでもという訳にはいかない。浜浦は、わざとらしい咳払いをして注目を集めた。

「さて、皆さん。これからどういたしましょうか。やはり、母子をどこかの病院へお連れするのがよろしいのでしょうねえ」

「けどのう、それは家族の仕事だにぃ」

年配の女性が日焼けした皺顔を浜浦に向けた。

「でしょうが、この方のご家族がどこにおられるのか、ご存じですか」

「ああ、もちろんだぁ。あそこに見えとる家だに」

畑の先に、木立に囲まれた一画があった。女性は窓越しにそこを指差している。瓦屋根総二階の大きく横に長い建物が存在感を示し、その周りに幾棟もの土蔵や倉庫などの建物がかしずいている。その威容は、辺りを睥睨《へいげい》するかのようと言えばちょっと大袈裟か。

「どなたのおうちでしょうか」

「マサキ・ジュンノスケ、この娘っこの父親の家ずら」

若いほうの助っ人女性が答えた。

「では、この娘さんは」

「アキコちゃんらぁ。マサキ・アキコ。ジュンノスケの一人娘。ちっちゃい頃からよう知っとらぁ」

車外に見えるバス停の標示版に、『真崎』の文字が見えていた。この辺りの地名を姓に持つ由緒ある家柄なのだろう。

「では、あの家まで、この母子をお送りするのが一番よい選択なのですね」

年輩の女性が一旦うなずいてから、ゆっくり首を振った。

「ただのう。ジュンノスケは難物《なんぶつ》だにぃ。一筋縄ではいかんね」

「そうさあ。しに根性が悪かやぁ」

若いほうも追従する。どうやら、二人して前途を案じてくれているようだ。

貴重な応援団二人はシンクで手を洗うと、丸めてあった上着を手に取った。

「わしらは畑に戻るだに、後は頼んだぞ」

「せいぜい気張ってのう」

口々にそう言いながら、キャンカーを降り長靴を履き直した。そして、何事もなかったかのように軽く手を振り去っていった。

浜浦は運転席から飛び降り、帽子を取ってそれぞれに深く頭を下げ、感謝と敬意を示した。南極点に達した訳でも、チョモランマに登頂した訳でもないが、浜浦にとっては、歴史的偉業を達成した人物よりもずっと偉大な人たちに思えた。

この人たちの期待に応えなくてどうする。浜浦は下腹に力を込めた。

ダイネットでは、多智花が母親になったばかりの女性に顔を近づけていた。話をしているようだ。

「ご本人はどんな様子ですか」

ドアから顔を入れ、訊いてみた。

「お父さんは受け入れてくれないだろう、と」

「そうですか。でも、一度は当たってみないといけませんね。ご家族なんだし。どうしてもお断りになるということなら、病院を探しましょう」

「昨日は夜遅くに松本駅に着いて、駅近のビジネスホテルに泊まったそうです。今朝早く、タクシーで実家に帰ったけど、お父さんに拒否されて追い返されたんだって。バス停まで来たところで、陣痛がひどくなって動けなくなったみたいです」

訊きたいところ、思うところはたくさんある。が、事情聴取にあまり時間をかけてはいられない。産まれたばかりの赤ちゃんも心配だ。運転席に戻り、エンジンをかける。母子を寝かせたままの走行だ。二人の安全の確保は多智花にお願いするしかない。

「では、おうちに向かいます。ゆっくりと走りますが、気をつけてください」

畑の中のバス通りをゆるゆると進み、左折し、農道に毛が生えた程度の舗装道路を何度か曲がって、真崎家を目指す。道の両側の白菜に午前の日射しが反射して、白波の中を進む船を操縦しているような不思議な気分になる。ゆっくり走行しても、二分ほどで、難なく目的地に到着した。

気づいたときは、農道からそのまま、建物に囲まれた広い庭に進入していた。大仰な屋敷の造りからして、真崎家は昔の名主とか庄屋とかの家系なのだろう。母屋の前までクルマを近づけ、サイドブレーキを引いた。玄関の横に『真崎淳之介』の大きな表札が掲げられている。横に小さく『時枝《ときえ》』。その隣に明らかに後でつけ加えた字で『亜希子』とあった。今回、新たに母親となった女性だろう。

浜浦は運転席から降りて、玄関口に向かった。戸は大きく開けられたままだ。土間があり、奥に式台が見える。さらにその奥は無人の薄暗い部屋があるだけで、人の姿は見えなかった。

「すみませーん」

大声で案内を乞うが、返事はない。土間の中に少し足を踏み入れると、ひんやりとした空気を感じた。式台の端にポスターが置いてあった。台板に貼りつけられたものだ。禿げ頭にちょび髭の男の顔が大写しになっている。目を凝らせば、『市議会議員候補　真崎淳之介』の文字も読めた。近く市議会議員の選挙があるらしく、それ用の見本ポスターではないか。

もう一度、一段と声を張り上げて、奥に呼びかけた。

どたどたと足音がして、小柄な男が奥から姿を見せた。まさに、ポスターの人物だった。頭髪はともかく顔の艶はよく、五十代の半ばというところか。ちょび髭に白毛はなく、見方によっては、愛敬があるとも言える。

「どなた？」

不機嫌そうな声で誰何《すいか》してくる。白いワイシャツの襟元が開いている。今にもネクタイを締めようとしていたのか。外出間際だったのかもしれない。

「真崎亜希子さんをお連れしました。浜浦と申します」

「連れて帰ってくれ。娘は家の恥どぉ。敷居はまたがせん」

短い両足を踏ん張り、小さな目を剝きに剝いて、男は拒否の体勢をとった。

「あなたがお父上の真崎淳之介さんでしょうか」

「そうじゃ」

真崎は顎をくいと上げた。

「選挙に出られるのですね」

ポスターに一瞥をくれ、水を向けてみた。

「そうずら。補欠選挙だぁ。現職がバタバタと病気で死んだところに、不祥事で三人辞めた。異例の補欠選挙だに。わしが出るしかないじ」

市議の単独補選のようだ。市長選などと合わせて実施される便乗選挙は別として、確か定員の六分の一の欠員が要件ではなかったか。

「やはり、この地方の名士である真崎さんに、出馬要請があったのでしょうね」

「まぁず、そういうことだにぃ」

真崎は体を反らしたように見えた。

「娘さんはご出産されました。今から二十分ほど前のことです」

浜浦が腕時計にちらりと目をやりながら告げると、真崎の得意げな顔が一瞬にして凍りついた。

「しゅ、出産しただと。ふ、ふしだらな……」

餅を喉に詰めたかのように、後の言葉が出てこなかった。

「わたしのキャンピングカーの中で出産されました。今は、母子ともに無事ではありますが、早めに医師の診察を受けられることをお勧めします」

「か、勝手に産みおって、わしの知ったことか！　世間にこっ恥ずかしいわい。ご先祖さまにも、申し訳が立たんずら」

「そんなことをおっしゃってる間にも時間は過ぎていきます。赤ちゃんは産まれたばかりなのですよ。何かあったらどうします」

「わ、わしのせいやあらすけ」

「誰のせいとかの話ではありません。人の命の話です」

真崎は顔を背けた。

「失礼ですが、奥さまはおられませんか？」

女親なら別の思案もあるだろう。

「時枝は新潟らぁ。身内の不幸で実家へ帰っとる。さあ、もう、ええじゃろ」

真崎は追い出すような仕種をした。

このままでは、埒が明かない。時には攻めることも必要だ。慣れてはいないが、浜浦は腹を括った。

「いい加減にしなさい！　ご先祖に申し訳ないのはどっちだ」

「な、何だと」

突然の浜浦の強い言葉に、真崎は面食らった様子だ。

「いやしくも政治家を志す者が、目の前で困っている人、弱っている人に救いの手を差し伸べなくてどうする。ましてや、それは自分の娘じゃないか。実の親のあなたが知らん顔をして、他人に助けてもらえというのか。それが正しい道と本当に思っているのか」

「ぐっ」

真崎は喉の奥から異様な音を出したが、言葉にはならなかった。目だけは、浜浦を睨みつけている。

「いいか。あなたが今の世で、地域の人々からそれなりの敬意を払われているのは、ご先祖さまのご功績だ。長年にわたる積善のお陰だ。きっと己の利を顧みず、郡のため村のために尽くされたのだろう。だから、名主や庄屋や肝煎《きもいり》などとして、尊敬され担がれてこられた。そのご先祖が、困って助けを求めてきた母子を追い返したりしたと思うか。どうだ」

「いや、それは話が……」

浜浦は強い語気で詰め寄った。

「いいか、娘さんはバス停で産気づき、近くにおられた農作業中の女性二人のご奮闘により、たまたま通りかかったキャンピングカーの中で無事に出産された。ご近所とはいえ、お二人とも赤の他人だぞ。この人たちの手助けがなかったら、母子ともにどうなったか分からない。困った人がいれば、迷わず助ける。あんたのご先祖が作り上げた人情味溢れる土地柄じゃないか。長年培われた誇れる風土ではないか。それをあんたは、やっとのことで生を受けた赤子を平気で見捨てるという。それが地方政治を目指すもののすることか。少しはご先祖さまに申し訳ないと思わないのか」

浜浦は一気に言い切った。息継ぎも忘れるほど、言葉が次々と出てきて途切れない。時間が惜しい思いもあったので、早口にもなった。

真崎は顔を紅潮させ、浜浦の言葉を聞いていたが、次第に首がうなだれていった。

「お手伝いをしていただいた女性たちは、妊婦の素性をご存じでした。この話はすぐに周辺一帯に伝わるでしょう。あなたが実の娘さんにどんな仕打ちをしたかも含めてね。SNSほどではないにしても、口コミもバカにはできませんよ。選挙を控えた人にとっては、特にね」

柔らかい言葉遣いに戻し、浜浦は真崎に考える余裕を与えた。が、真崎は黙ったまま固まったかのように動かなかった。

「言い忘れてましたが、生まれてきた赤ちゃんは男の子です。一人娘が産んだ男子となれば、由緒ある真崎家にとっては、ありがたい天からの贈り物ではないのですか」

一人娘を持つ親の気持ちは、浜浦にも痛いほど分かる。かわいさが余って、より心配もし、厳しくもなるものだ。

真崎は顔を上げた。

「わしもそう……思いたい。だけんど、わしのような古い家には世間体というものがある。娘だからといって、地域社会の倫理に反するようなことを認める訳にはいかんだじい」

辛そうに口を歪め目を細めている。

浜浦は再度口吻《こうふん》を改めた。

「あなたの苦衷は分からないでもない。しかし……孔子はこう言っています。『父は子の為に隠し、子は父の為に隠す。直は其の中に在り』と。たとえ、世間的に都合の悪いことを見つけても、親子であれば、そのことを隠すものであり、そのことが正直の本当の姿だ、との意味です。朱子はその解説で、『父子相隠すは、天理人情の至りなり』と書いております。親子の情は、世の中の常識や法秩序を超越した特別なものなのですよ。あなたが娘さんを守らなくて、誰が守るのでしょう」

真崎はいつの間にか目を潤ませていた。

式台の上で萎《しお》れている真崎と、土間に立つ浜浦に、開け放たれた入口から一陣の風が襲った。ぐずぐずしている場合ではないと、誰かが督促しているのではないか。これ以上、時間を浪費する訳にはいかない。撤退も戦略の一つだ。

「朝からお騒がせしてすみませんでした。これにて、失礼します」

「えっ？」

真崎は、意表を突かれたかのように細い目を一杯に見開いた。

「人にはそれぞれ事情があります。それを無視して、こちらの都合だけで、話を進めるのは傲慢というものです。娘さんとお孫さんは、こちらで病院へ連れていきます」

「い、いや……」

「人間としての情愛が欠如した人に、大切な母子を託すつもりはありません」

決然と言い切り、浜浦は背を向け玄関に向かった。

「ま、待ってくれ」

掠《かす》れた声が聞こえたが、振り向かなかった。

「頼む。待ってくれ」

今度ははっきりと聞こえた。

真崎が土間へ飛び降り、裸足のまま浜浦の前に回った。

「わしの娘と孫だじ。わしが面倒をみる。頼む、わしに引き取らせてくれ」

浜浦に縋《すが》りつくようにして、懸命に訴えている。そのくしゃくしゃの顔に嘘は感じられなかった。

「医師はどうします」

「すぐに来てもらうだに。近くに懇意の医者がいる」

「この大きな家に、あなた一人では、母子の世話ができないでしょう。誰かおられますか」

「すぐ横の棟に、姉の一家が住んでいる。助けてもらうらぁ」

「では、すぐに呼んできてください。運ぶにも人手がいります」

「わ、分かった」

表情を緩めると同時に大きな返事をして、真崎は裸足のまま飛び出していった。

浜浦も玄関を出ると、多智花がキャンピングカーの後部ドアの横に立っていた。ドアの扉は薄く開いたままで、中の様子に注意を注ぎつつ、こちらのやり取りにも聞き耳を立てていたようだ。

「二人に変わりはないですか」

「大丈夫です。それより、浜浦さん、すごいですね。あの難敵を完全攻略した」

多智花は興奮気味に言った。ゲームの結末を告げるような感想だった。

「いえいえ、わたしは状況をお伝えしただけですよ」

「そんなことない。途中でわたしも腹が立って、出ていってあの親父を怒鳴りつけてやろうと思ったんです。娘さんがどれだけ大変な目をして出産したか、分かってるのかって。そしたら、浜浦さんの言葉つきが変わって、厳しく叱責され始めたでしょ。わたし、どうなるのかと思いました」

「口から出まかせですよ。ちょっと偉そうに聞こえましたか」

「偉そうというのではなく、きつく言ったかと思うと、その後で優しい言葉もかけられた。教え諭すっていうのでしょうか。絶妙の匙加減でした。聞いていて、自然に説得されていくような……、叱り方は、まるで学校の先生でしたね。でも、悪い気分ではなかったですよ」

後頭部に不意打ちを食らったように、意識が衝撃を受けた。

「か、過大評価ですよ。孔子の言葉なんて、牽強付会《けんきょうふかい》、こじつけもいいところです。本来の趣旨とは、ずれてますが、あれしか思い出さなくてね」

ごまかし気味に、どうでもいいことを喋った。

「ケンキョウ……」

多智花が首を捻ったところに、真崎が息を切らして戻ってきた。後ろに三人の男女を引き連れていた。

「人手を集めました。娘は、亜希子は……」

「この中です」

浜浦がキャンカーを手で示した。

「姉さん、奥に布団を敷いてくれんか」

真崎の依頼に、真崎と瓜二つの顔をした太った女性が、うなずきながら母屋へ駆け込んでいった。

「義兄《にい》さんは診療所に往診を頼んでくれんかいね。わしからのたっての、一生の願いじゃと言うて」

白髪を角刈りにした男が真崎からスマホを受け取った。

もう一人は高校生くらいの背の高い男子だった。

「甥っ子の手を借りて、娘と孫を運び出しますらぁ。よろしいね」

「ええ。お手伝いしますよ」

先に多智花がダイネットに入り、真崎と甥っ子が続く。すぐに真崎の咆哮とも嗚咽《おえつ》ともつかぬ声が一回だけ短く聞こえてきた。浜浦も追って入ろうとしたら、真っ先に、タオルに包まれた赤ちゃんを抱いて多智花が降りてきた。その後すぐ、亜希子を腕に抱えた甥っ子がドアから姿を見せた。後に続いた真崎は、片手で限界まで膨れたバッグを提げ、もう一方の手で亜希子の肩に手を添えている。真崎の目蓋《まぶた》は厚ぼったく腫れて見えた。一行は、そのまま母屋の玄関に吸い込まれていった。ここでも、浜浦の出番はなかった。

一、二分、なすこともなくクルマの横で立っていたが、思いついてダイネットに上がった。四人掛けシートのベッド仕様も、もう必要ないだろう。何枚も重ねて敷いたシーツを丸め、収納棚の隙間に押し込んだ。ベッドを元のテーブル席に組み立て直す。豪華ラウンジの復活だ。給水タンクやコンロのカセットなどもチェックした。シンクの排水を溜めるいわゆるグレータンクは、出産に要した水で、ほぼ満杯だった。どこかで処理しなければならない。

ざっと掃除をすませたところに、白衣の男が自転車でやって来た。窓から見ていると、前の籠に入れていた黒い鞄をとり、玄関前で声をかけるなり、返事も待たずに入り込んでいった。診療所の先生に違いない。頭髪の白さから、それなりにお年を召しておられるようだ。

暫くして、多智花が玄関から出てきたので、浜浦も車外へ出た。

「先生が来られて、お母さんも赤ちゃんも、診ていただけました」

「どうでしたか」

「母子ともに問題ないそうです。診療所の先生が、入院の手配もしてくれました。後はお任せしてよいみたいでしたから、わたしは出てきました」

「それはよかった。どうやらわれわれの役割は終えたようですね」

多智花は、目もとに笑みを漂わせうなずいた。他人の役に立つことは心を豊かにする。それを実感しているように見えた。

「では、そろそろ失礼しましょうか」

浜浦は運転席に、多智花は助手席に、それぞれが所定の位置に着いた。エンジンを始動させ、バックに入れて、広い庭で切り返す。クルマの正面が農道に向いたとき、玄関から真崎が飛び出してきた。今度はきちんと靴を履いている。運転席の横まで走ってきたので、窓を開けた。

「待ってくれろ。きちんとお礼もできてねえずら」

「お気遣いなく。お二人とも息災であれば、それで充分です」

「いんや、このまんまでは、わしの、この真崎淳之介の顔が立たん」

「いえ、あなたのお気持ちはたっぷり伝わってますよ。先を急ぎますので、これで失礼させてください」

「待って、なら、これで……」

真崎はポケットをまさぐった。裸の札束が見えかけた。

「出さないで。それを出したら、あなたのせっかくのお気持ちが薄汚れたものになりますよ」

浜浦は窓から首を左右に振った。

真崎は出しかけた手を止め、顔を真っ赤にして懸命に思案する表情を見せた。

「そこまでおっしゃるのなら、一つだけお願いできますか」

苦慮する風の真崎がかわいそうになり、助け船を出す気になった。

「何だに。何でも言ってくれ」

真崎の顔が輝いた。

「あそこに井戸がありますよね。あの水をいただけますか。給水タンクが空っぽなんです」

温浴施設で補充した水のタンクは、二つとも、出産時に沸かしたお湯で使い切っていた。より切実である排水タンクに溜まった水の処理は、ここでは言い出しにくかった。

「おう、あんなもんでええのけぇ。何ぼでも持っていってくりゃあ。アルプスのうめえ雪解け水だで」

浜浦は空のタンクを両手にぶら下げて降り、井戸で水を汲んだ。少し口に含むと、確かに冷たくおいしい水だった。帰りは、多智花と一つずつ持ってクルマへ運んだ。

その間、真崎は、母屋の横に並ぶ建物のうち、漆喰壁の蔵の隣に建つしっかりした物置小屋に向かっていた。引き戸を開け、中から何やら重そうな箱を抱えて戻ってきた。

「これならよかろうて」

「何でしょう」

「うちの農園で採れたイチゴだに。旬も最後になり、今朝、残りを全部取ってきたんだぁ。甘えぞう」

にっこり笑った真崎の顔が清々しかった。

「いただきます」

迷わずに答え、真崎から両手で受け取った。思ったより重かった。段ボール箱の中に、パック詰めのイチゴがぎっしりと詰め込まれていた。

「こんなに、よろしいのですか」

「わしの気持ちだに、もらってくれんかいの」

「分かりました。ありがたくいただきます」

浜浦は段ボール箱をダイネットのベンチシートの下に押し込み、真崎に礼を残して、運転席に戻りキャンカーを発進させた。見送る真崎に窓から手を振り、農道に出て、畑の中の道をそのまま進んだ。ドアミラーに、深く腰を折る真崎の姿がちらりと見えた。

「さすがですね」

多智花が顔を向けてくる。

「何がですか」

「お金を受け取らなかったことです」

「気づいてましたか。あなたの純粋な善意をお金に換えることは、わたしにはできませんでした。あなたも同じではないですか」

「さあ」

うふっと小さな笑い声が聞こえた。

太陽はかなり高く上がっていたが、まだ、午前中のうちだ。畑の中を道なりに何度か曲がる。強い日射しと初夏の風が、両側の白菜の海に白波を立てる。

「最後はいい人になられましたね」

多智花が独り言のように言う。

「真崎さんですか。もともと、娘さんがかわいくて仕方がない人だったのでしょう。でも、ああいう立場だと、世間の目も気にしなくてはいけないんでしょうね。わたしも根はいい人だと思いますよ」

「この旅に出てから、いい人とばかり出会いますね。みんな親切で心優しい方たちでした。わたしの人生では珍しいことです。浜浦さんが引きつけるのかなぁ」

「そんなことはありません。世の中、捨てたものではないということでしょう。旅に出てみないと、分からないことかもしれませんね」

「これが小説やドラマなら、つまらない作品になるでしょうね。いい人しか出てこないなんて」

「悪い奴が登場人物を次々と危機に陥らせるが、主人公が知恵と勇気によって危難から救い出す。その連続で読者を引っ張るのがおもしろい小説なんでしょうね。読者がハラハラドキドキするように。そのように組み立てていかない限り売れる小説にはならないと、誰だったか、有名な売れっ子作家が書いてましたね」

「何でもよくご存じですね」

「小説とは違って、実社会ではそうそう極悪人ばかりはいませんよ」

「そうです……、あっ！」

うなずきかけた多智花が、嫌々をするように首を振った。

「どうしました」

「一人いました」

「えっ、どういう人ですか？」

「パーキングエリアで難癖をつけてきた青い服の男。あいつは唯一、悪い奴です」

多智花は、心の中で憤慨が再燃しているようであった。

元のバス通りに出る手前で、畑の中に知り合いの背中を見つけた。懐かしさが込み上げてくる。同じ午前中の出来事なのに、関西弁でいうけったいな気分だ。

「松本観光をスルーして、あの二人にお茶をご馳走するというのはどうでしょうね」

多智花が遠慮がちに言ってくる。

「ナイスサジェスチョンだ。多智花さん、やりますね」

浜浦はハンドルを叩いて賛意を表現した。

キャンピングカーを回し、先ほどと同じバス停のある路肩に駐車する。降りて、念のためバスの時刻表を確認すると、朝と夕方の一日二便だった。すでに、朝の便は三時間も前に出発していた。亜希子がここでバスを待っていたとしても、すでに朝便は出ていたことになる。

手をメガホンにして、農作業に専念している二人の女性を呼んだ。

異なる方向で、それぞれが腰を伸ばし、声の主に視線を向けている。横に立つ多智花が手を振った。それに応じるように、二人がこちらに足を進めてきた。

「どうだったぁ。大変だったじゃろ。あの親父は」

先着した年嵩の女性が声を発した。

「うまくいったかやぁ」

もう一人もやって来て、同様に訊いてくる。

「お陰さまで、亜希子さんと赤ちゃんは、真崎淳之介さんがお引き取りになりました。それで、お二方には、大変お世話になりましたので、そのお礼の意味でお茶をご馳走したいのですが、お時間をいただけませんか」

後部ドアを開け、上がるように促した。

「ほうかい、亜希子ちゃんは父親が受け入れたかいの」

「そりゃ、よかったずら」

二人は長靴を脱いで、ステップを上がっていった。

「ほお、こりゃたまげた」

「こんな立派なとこじゃったかいのう」

二人は車内を見回して、あちこち視線をさまよわせていたが、浜浦の勧めに従い、テーブル席に向き合って腰を下ろした。汚れた野良着を脱ごうとしたが、浜浦はやんわりと制した。

浜浦は濡れたタオルをお手拭き代わりに出して、ベンチシートに座った。初めてきちんと二人の顔を見た。日焼けした顔はよく似ていた。この土地が作る風貌なのかもしれない。丸い鼻に白い歯が印象的だった。

「緑茶がよろしいですか、それとも、紅茶ですか」

奥のキッチンでお茶の準備を始めた多智花が、注文をとる。

「できたらコーヒーがよいらぁ」

「わしもずら。キリマンジャロがあればなおよいだにぃ」

意外なオーダーだった。

「すみません。キリマンジャロは切らしてます。おいしいブレンドがありますので、それでご勘弁ください」

多智花が返す。

浜浦は、真崎からもらったイチゴのパックをベンチシートの下から取り出し、二人の前に置いた。

「真崎さんからのお礼です。どうか召し上がってください」

多智花がすぐに爪楊枝を持ってきた。

「そうかいの。あの男も少しは気が利くようになったかやぁ」

「せっかくだに、いただくとするかいのう」

楊枝を手に、二人はイチゴを頬張り出した。

食べている女性たちを見ながら、浜浦は、二人が取り上げた赤子と亜希子がどうなったかを語った。医師の診察も終わったと聞いて、二人とも安心した様子であったが、イチゴを食べる口は止まらなかった。

「こりゃ、うまかぁ。わしらの口には入らんもんだぁ」

「そん通り。えりゃあ甘えのう」

すぐに一パックがなくなったので、浜浦は次のパックを出した。大きな粒のイチゴは確かにおいしそうだ。そこに、紙コップのコーヒーも届けられた。香ばしい匂いが鼻孔をくすぐる。浜浦の分も用意されていた。

「多智花さんもこちらへ」

浜浦はベンチシートの横を空けた。

自分のカップとシュガーとミルクも持って、多智花が横に座る。

「わしら、ブラックだで」

「そうらぁ」

二人はうまそうにブラックコーヒーをすすった。

浜浦と多智花もコーヒーを口にする。今さらだが、松河が用意してくれていたコーヒーの粉は、なかなかの上物のようだ。香りで頭のもやもやがすっきりし、味わいで心が陶然となる。穏やかな笑顔を浮かべた四人のいる狭い空間に、まったりした時間がゆったりと流れていく。

「お二人の助産はお見事でしたが、お産のお手伝いというのはご経験があったのですか」

浜浦は素朴な疑問を口にした。

「そりゃ、昔はみな家で産んだもんだでなあ」

年上の女性が口をもぐもぐさせながら続けた。

「あそこまでいってりゃ、放ってても生まれてくるだに。わしらの力じゃありゃせんずら」

「そん通りだぁ。けんど、道端で出産ちゅうのはねえずら。こん立派なクルマがなけりゃあ、えりゃあことになっとったらぁ」

若いほうがイチゴを突き刺しながら言う。

「確かにのう。ええ具合にあんたらが通りかかったもんらぁ」

そう言ってもらえば、多少の苦労は吹っ飛んでしまう。横の多智花の顔も綻んでいる。

後は、土地の話などを中心に、和やかな会話が続いた。

「そろそろお暇《いとま》するかいのう」

カップが空になって暫くしてから、年上の女性が腰を上げかけると、向かいの女性もうなずいた。

「そうだんね。まだ、草抜きが途中らぁ」

「ええ、息抜きができたんねぇ」

「ああ、楽になったらぁ」

二人は口々に礼を述べながら、クルマを降り長靴を履いた。

浜浦はイチゴのパックを三つずつ、手近にあったコンビニ袋に入れ、一人ずつに渡した。

「これは真崎家からのお礼の品です。今後とも、真崎亜希子さんと赤ちゃんをよろしくお願いします」

「いいのかやぁ」

「すまんのう」

女性たちは恐縮の体だったが、この二人こそ、イチゴをもらうに最もふさわしい人たちだった。もしも、このご婦人方がいなかったら、無事に出産ができたとは思えなかった。

今回の最大の功労者だ。彼女らに渡してもなお、段ボール箱にはまだ、半分ほどのイチゴパックが残っていた。

二人はイチゴの入った袋をぶら下げながら、畑に戻っていく。互いに名乗りもしなかったが、心は通じ合っている感覚があった。横に立つ多智花も同様の思いなのか、身じろぎもせず見送っていた。後ろに垂らした髪だけが風になびいている。立ち去りがたく、農作業を再開するまで見届けてから、浜浦と多智花はうなずき合い、各々の席に戻ってシートベルトを締めた。

クラクションを短く鳴らして別れを告げると、浜浦はキャンカーを発進させ、バス通りを松本市街地の方向に進めた。もう昼前になっていた。

五

浜浦は一目散に松本インターチェンジを目指し、脇目も振らず、そのまま長野自動車道に乗った。予定外の出来事で時間を食ってしまい、もはや時間的な余裕はなくなっていた。日没までに自宅に帰り着くためには、ゆっくり走ったり、のんびり休んだりしている暇はない。ただ、だからといって、不愉快な思いが胸中に渦巻いている訳ではなく、むしろ爽快な達成感のようなものが膨らんでいた。

「ごめんなさいねえ。本来なら、松本城を見物して、その後で、信州そばの昼食でも楽しむつもりでしたのに」

「とんでもない。浜浦さんが謝ることではないですよ。出産に立ち会えたなんて、わたしにとっては、貴重な体験になりました。それに……」

「それに？」

「恥ずかしい話ですが、何だかいいことをしたみたいで、わたし、結構、喜んでいるんです」

多智花も同じ思いでいてくれることがうれしかった。

「このお昼の時間に、少し距離を稼ぎたいと思います。この時間帯、運転手が昼食をとるので、高速道路を走るクルマは比較的少なくなるんです。お腹が空いたら、いただいたイチゴをつまんでください。まだ、たっぷりありますから」

「さっき、みんなでお喋りしていたときに二つほどいただきました。とっても糖度の高いイチゴでしたよ」

二十分ほど南下すると、岡谷ジャンクションまで戻った。中央道を西にとり、小牧の方向に向かう。

「今日中に帰らないとダメなんですよね」

浜浦の心を見透かしたように、多智花が訊いてくる。きっと運転に焦りが現れているのだろう。

「ええ、明日はどうしても行くところがあって、今日の夕方には帰宅しておきたいのです。すみませんねえ、こちらの予定につき合わせて」

「いいえ、わたしもそろそろ家に帰らないと。独り暮らしといっても、郵便物は溜まりますからね」

相手に気を遣わせない、配慮ある言いぶりはありがたい。

「日曜に行かれるのは特別な行事なんですか」

さりげない質問だったが、浜浦には重かった。

「ええ、まあ。毎年の欠かせない行事なんです」

沈んだ声音に気づいたか、それ以上の追及はなかった。

クルマは順調に走行を続け、やがて木曽駒ヶ岳《きそこまがたけ》らしき山々の雄姿が右手に現れた。木曽山脈、いわゆる中央アルプスの最高峰のはずだが、浜浦にはどの峰が駒ヶ岳かよく見極められなかった。時折、山峰から吹き下ろしの風が襲来し、車体を細かく揺らした。駒ヶ岳《こまがたけ》サービスエリアは混雑の表示が出ていた。横目に見て、先を急ぐ。

新緑の山裾を抜けていくせいか、大気が清澄に感じる。同じ速度で走らせていても、市街地と異なり、アクセルを踏む力が少なくてすむ感覚だ。空気抵抗が違うのだろうか。

前方にトンネルの入口が見えてきた。カーナビで確認すると、恵那山《えなさん》トンネルだった。名前はよく知っているが、通行するのは初めてだ。

「間もなく恵那山トンネルです。木曽山脈を貫く日本でも有数の長大トンネルですね」

つい多智花に教えようとしてしまう。

「どのくらいの長さですか」

「できた当時は日本一の長さだったのですが、ええっと……」

接近した入口には信号がついており、トンネル延長距離の表示もあった。

「八千四百九十メートルですね」

口に出してすぐにトンネル内に進入した。耳の奥に風圧を感じ走行音が変わる。ライトをつけ、車速を七十キロまで落とした。

「約八・五キロって長いですよね」

「関西でたとえれば、阪神高速の新神戸トンネルが約八キロですから、あんなものでしょう。ちなみに、このトンネルの中間辺りに県境がありまして、長野県から岐阜県に入ります」

「もう岐阜県まで来ましたか」

「恵那山といえば、日本百名山の一つで、山岳信仰の対象でもありますね。昔から修験道の行者が登ってたそうです」

「本当によくご存じですね。社会科の授業みたい」

意識せずに言っているのだろうが、多智花の勘は鋭い。

「カーナビの地図を見れば、だいたい分かりますよ」

動揺を見せてはならない。

恵那山トンネルを出たところに神坂《みさか》パーキングエリアがあったが、通り過ぎてしまった。すでに午後一時を回っている。そろそろ腹に何かを入れておかねばならない。

「次のサービスエリアで休憩しませんか。お腹も空きましたし、ガソリンも入れないと」

ガソリンメーターは四分の一を切っていた。

「いいですね」

「十五キロほど先に恵那峡《えなきょう》サービスエリアがあります。遅くなりましたが、昼食タイムにしましょう」

十分少々で恵那峡サービスエリアに到着した。サービスエリアだけあって、かなり規模の大きな休憩施設で、給油もできる。午後一時三十分だが、まだ、駐車しているクルマは多い。建物の近くで仮駐車し、多智花に顔を向けた。

「レストランなどもあるようですが、中はまだ混んでいるみたいですね。車内でのランチでよろしいか」

「かまいませんよ。時間をかけたくないですものね」

「では、わたしは先にガソリンを満タンにしてこようと思います。その間に、多智花さんは、昼食用の買い物をしていただけませんか。そのほうが時間の節約にもなりますので」

「いいですけど、何がよろしいですか。お弁当とか、サンドイッチとか」

「お任せします。何であろうと苦情は一切言いませんので。では、これで……」

お金を渡そうとした浜浦の手を押し止《とど》めて、多智花が微笑んで見せた。

「ここは、わたしが払います。これまで、運転を含め、浜浦さんのほうがずっとしんどい思いをしてますから。その代わり、文句は言わせませんよ」

朝食に続き、昼食も多智花がご馳走してくれるようだ。彼女なりに、気を遣っているのだろう。

多智花は素早く降りて、建物に向かった。

浜浦は強く尿意を催していたが、先に給油をすませることにした。本線への出口に近いところにある給油施設でガソリンを満タンに補給して、もう一度建物の近くに戻ってきたが、空いているところがない。少し離れたところで、出発しそうなＳＵＶを待って、その後に駐車し、まずはトイレに行くことにした。

早々にすませて戻ってくると、三十歳前後の作業員風の男が浜浦のキャンカーを好奇心丸出しで眺めていた。軽く会釈をして、運転席に着く。昨今は、キャンピングカーに興味を抱く人が増えていると聞く。確かにこれまでも、駐車していると、目を輝かせて近づいてきたり、遠くから写真を撮られたりすることがあった。幸也くんもそうしたうちの一人だ。

フロントガラス越しに建物の方角を注視していると、建物に近いところで駐車スペースが空いた。すぐにエンジンをかけた。図体がでかいクルマなので、こうした場合に敏速な動きが取りづらい。何とか他のクルマが権利を主張する前に駆けつけ、そこに止めることができた。

前を見ると、建物から多智花が出てくるところだった。袋をもらわなかったのか、両腕一杯にたくさんの食べ物を抱えている。どれほどのランチを食べるつもりなのか。危うく落としそうになるのを必死で堪えながら、こちらによたよたと向かってくる。見ていられず、浜浦はドアを開け飛び降りた。

「いささか買いすぎではありませんか」

浜浦は駆け寄り、声をかけた。

「ありがとうございます。お菓子の紙袋に詰め込んでいたら、途中で破けてしまい危ないところでした」

握り飯やサンドイッチだけでなく、五平餅やら、ジェラートやら、『栗あわせ』という和菓子まであった。

「いろいろバラエティに富んでますね」

「すみません。見ていたらおいしそうで、ついつい、買ってしまいました」

半分を浜浦が分けて持とうとしていると、多智花が硬直した。

「あれ〜」

すぐに金切声をあげ、浜浦の後方を目で示した。

「見てください。た、大変です！」

浜浦は受け取った食べ物を落とさないよう、ゆっくりと振り向いた。あろうことか、今、降りたばかりのキャンカーが動き出している。紛れもなく、浜浦のキャンピングカーだ。驚きのあまり、咄嗟には声も出ないし、体も動かない。固まったまま見ていると、駐車スペースを出たクルマは、そのままサービスエリアから本線へ出る方向へスピードを上げながら去っていく。追いかけようにも、みるみる距離は広がっていった。

「どうしたことでしょう」

浜浦は半放心状態でつぶやいた。

「盗まれましたね」

多智花の声は、幾分冷静さを取り戻していた。

「キーはポケットの中ですが、エンジンをかけたままでした」

「わたしの窮状を見兼ねて、助けにきてくれたんですものね」

「運転席を見ましたか」

「ちらっと見えました。ベージュの作業服を着た男性でした。わたしとそんなに変わらない年齢ではないかと思います」

キャンピングカーの周りをうろついていた、あの男に違いない。盗む隙を狙っていたのか、それとも、たまたまエンジンをかけたままの状態で放置されているクルマを見つけたからなのか。いずれにしても、浜浦の失態であり、責任であることは間違いない。

時間とともに、徐々に平静さが甦ってくる。

「こうした場合は、警察に電話をするのが最善策なんでしょうね」

「それしかありませんね。自力で取り返せる自信があれば別ですが」

口に出した後、多智花は皮肉っぽい言い方を悔いているように顔をしかめた。

「そんな自信はありません。だって、その方法がありませんからね」

今回も都合よく、須藤のトラックでも走っていたらありがたいのだが、そんなうまい話があろうはずもない。

「ないことはないぞ」

駐車場の方角から新たな声が飛んできた。

目の前の多智花は、体を竦《すく》ませ顔を背けた。どういう意味か。

浜浦が振り向くと、青い背広を着た長身の男が目に入った。尖った鼻や顎に見覚えがある。

「盗まれたのか」

男が早口で訊いてくる。見たところ、男に害意はなさそうだ。

「そのようです」

「よし、じゃ、追うぞ」

「ど、どういうことですか」

「追っかけて、あんたのクルマを取り戻す。そうしたいんだろ」

「は、はい」

「なら、ついてこい。こっちだ」

男は駐車場のクルマの間を小走りに縫っていく。

浜浦は男の勢いに飲まれ、後に従うことにした。数歩進んで後ろを見ると、多智花も不本意な顔つきながらついてきている。二人とも、両手に本来は昼食となるべき食料を抱えたままだ。

軽自動車とミニバンに挟まれて、ブルーの外車が現れた。四ドアタイプのスポーツセダンだ。前面ナンバープレートのすぐ上に、三叉になった槍《やり》か銛《もり》のエンブレムが取りつけられていた。

「さあ、乗って」

青背広男がスマートキーで解錠した。

「いいんですか」

「乗らなきゃ追えない。早くしないと、追いつけねえぞ」

覚悟を決めて、右側にある助手席のドアを開けようと多智花を振り返った。多智花は後部座席にさっさと乗り込んで座を占めた。助手席には乗りたくないという意思表示であろう。

助手席に浜浦が座ると、運転席の男は叩くようにギヤを入れた。と同時に、ブアンとエンジン音を響かせていささか急ともいえる発進をした。

浜浦は体を傾かせながら、膝に食料を置き、慌ててシートベルトを締めた。

「まだ三、四分しかたっていない。このクルマで飛ばせば追いつけるだろう。なんせマセラティのクアトロポルテだぜ」

浜浦にそのクルマの知識はなかった。ダッシュボードに、ナツメ型をした金のアナログ時計がはめ込まれていた。

クルマは、矛盾する言い方だが、路面に吸いつきながら滑るように走った。あっという間にサービスエリアを飛び出すと、本線に合流し、前を走るクルマを右に左に追い抜いていく。

「お手数をおかけして申し訳ありません。でも、本当にお願いしてよろしいのでしょうか」

「あんたには借りがある。俺は借りたままというのが嫌いなんだ。だから、その借りを早く返したいだけだ」

この男とは過去に三度関わりを持った。一度目は美合のパーキングエリアだった。この男に絡まれていた多智花を救い出した。二度目は、本線上で、この男のクルマに煽られて困っていたところを須藤のトラックに助けられた。三度目は由比パーキングエリア。この男が逆に焼きを入れられそうな状況だったが、そこから解放してやった。借りとは、三度目のことを指しているのだろう。

「貸し借りがあるかどうかは別として、ありがとうございます。本当に助かります。よくわたしが困っていると気づいてくれましたね」

「パーキングエリアに入って駐車しようとしたら、見慣れたキャンピングカーが止まっているじゃねえか。またかと思ったもんだ。そしたら、すぐに発車した。なのに、あんたらの姿が見えたんだ。おかしいと感じて近づいていったら、あんたが手に荷物を抱えたまま幽霊のように立ち尽くしていた。盗まれやがったなと、ピンときたんだ。借りを返すチャンスが到来したともな」

「お恥ずかしい限りです」

余所目にも、茫然自失の体だったのだろう。

後ろから多智花が肩を突っついてくる。

「どうしました」

「浜浦さん、警察への通報はどうします?」

「ちょっと待ってくれ。俺は警察とは相性が悪い。犯人は俺が捕まえてやるから、通報はそれからでいいだろう」

浜浦より先に運転者が答えた。

少し考えてから、浜浦は男の提案を飲むことにした。

「では、そういたしましょう」

警察には、煽り運転の被害届がたくさん出ているのかもしれない。男はそのことを察知しているのではないか。だから、警察とは出会いたくないのだろう。何にしろ、盗まれたキャンカーに肉薄しようとしているのはこのクルマだ。だったらここは、男に任せるのが上策だろう。

「カーナビを見せていただいてもよろしいか」

「勝手にしな」

カーナビを使って、この先の高速道路がどうなっているかを確認した。

「ここから十五、六キロ先に屏風山《びょうぶざん》パーキングエリアがあります。その先には、瑞浪《みずなみ》インターチェンジがあり、土岐《とき》インターチェンジもあります。もっと進めば、土岐ジャンクションがあって、東海環状自動車道と接続します」

「何が言いたいんだ」

「はい。屏風山パーキングエリアくらいまでに追いつかないと、どこへ行ったか分からなくなるということです」

「ふん。俺を急かせる気だな」

「いえ、情報を共有したかっただけです」

「分かったよ」

さらにアクセルが踏まれた。体が座席に押しつけられる。軽く百三十キロは超えているのではないか。

「ほどほどで結構ですよ。あなたに速度違反をさせては申し訳ない」

「今さら何を」

前方にまだキャンピングカーは現れなかった。

「お仕事の帰りですか」

「ああ、名古屋へ戻る途中だ。帰りは中央道にした。往復とも同じ道じゃ、つまんねえからよう」

「でも、お話しぶりからすると、名古屋ご出身ではないですよねえ」

「先月、親父に飛ばされたんだよ。支店の苦労も知っておけってな。体のいい左遷だ。東京の本社には置いとけねえってことだろう」

父親が社長で、その放蕩息子というところか。世間ではよくある話かもしれない。

「誰も本気で俺に仕事の話なんかしやしねえ。俺が何かアドバイスとかしても、聞いてる奴なんかいねえよ。それでやる気が出るかってんだ。やってられねえぜ」

男は憤懣《ふんまん》を口にした。が、猛々しいものではなく、どこか寂しそうでもあった。勝手気ままに生きているように見えて、この男なりに、言い分もあるのだろう。

カーナビに目を移すと、屛風山パーキングエリアが五キロ先まで近づいていた。

「あれ、見て！　あの黒いクルマの先よ」

後部座席から多智花が叫んだ。

フロントガラスに頭を近づけ、目を凝らす。黒いワンボックス車の前で見え隠れしているのは、確かに白いキャンピングカーのようだ。

「よし」

男が気合を入れ、同時に速度をさらに上げた。瞬く間に距離が縮まり、キャンピングカーはしっかりと視界に入った。間違いなく松河の、いや、今はもう浜浦のキャンカーであった。

「あれに相違ありません。わたしのキャンピングカーです。でも、どうします？」

「ふん。見てろ」

青背広男はステアリングを器用に操り、黒のワンボックスを追い抜いて、マセラティをキャンピングカーのすぐ後ろにつけた。車間を詰める。が、前のクルマは気づいていないようだ。速度を変えるでもなく、浜浦の平常運転よりは速い速度ではあったが、走行車線を何事もないように走り続けていた。

マセラティは焦《じ》れたように追越車線に出ると、キャンピングカーと並行して走り始めた。両車は並んで、暫くそのままで進む。キャンピングカーは車高が高く、浜浦の位置からは、運転席がよく見えない。

追越車線は、マセラティが障害物となって、前にクルマの姿が見えなくなった。走行車線の前方は、クルマが一定の間隔で連なっている。クラクションが高らかに鳴った。振り向くと、マセラティの後ろにトラックが迫っていた。車線を塞ぐ形の前方車両に警告を発したのだ。それに反応したのか、キャンピングカーは少し速度を落とした。左側の走行車線、キャンピングカーの前に空隙《くうげき》ができた。すかさずマセラティがウインカーも出さずに割り込んだ。おそらくキャンピングカーは急ブレーキを踏んだに違いない。今度はキャンピングカーのクラクションが鳴った。

この辺りの運転テクニックは、青背広男にとって慣れたもののようだった。動ずるでもなく、徐々にスピードを落としていった。

速度メーターが七十キロから六十キロに落ちると、さすがにキャンピングカーは追越車線に逃げようとウインカーを出した。赤い軽自動車をやり過ごしてから、右車線に移ろうとしたが、マセラティも同時に右へハンドルを切った。危うくぶつかりそうになり、キャンピングカーは元の車線に戻るしかなかった。同様のことを繰り返し試みたが、どうやってもキャンピングカーは所期の目的を果たせず、相変わらず走行車線を走っていた。マセラティに完全に翻弄されていた。

カーナビに屏風山パーキングエリアまで二キロの表示が出た。マセラティとキャンピングカーは時速四十キロでとろとろと縦に並んで走っていた。それより後ろのクルマは、次々と二台を追い抜いていく。

青い背広の嫌がらせ運転は、浜浦が感心するほど見事であった。このことを賞賛してよいのかどうか、迷うところではある。

後ろの座席に目をやると、多智花も固唾を飲んでこの攻防を注視しているようであった。膝の上には食料がそのまま積まれていたが、ジェラートだけはハンカチに包まれていた。溶け始めているのだろう。

パーキングエリアまで二百メートルのところで、運転席の青背広男が背筋を伸ばし、ステアリングを握り直した。いきなり急ハンドルを切ると、クルマは追越車線へ移動した。前が空いたキャンピングカーは速度を上げて、走行車線からマセラティを抜き去ろうとした。が、即座にマセラティも速度を増し、右側からキャンピングカーの前を抑えにかかる。マセラティは車線のラインを越えて走行車線へ寄っていった。キャンピングカーは接触を避けるためじりじりと左に追い詰められる。おそらく、左側の車輪は路肩にはみ出しているだろう。

その時だ。車線の左手にパーキングエリアへの進入レーンが現れた。キャンピングカーは、右前方からのマセラティの圧迫に耐え切れず、押されるようにそのレーンへ進入した。あるいは、やっと逃げることができたと思ったのかもしれない。

マセラティの運転者は急ブレーキをかけ、キャンピングカーを追う形で自らもそのレーンへ入っていった。完璧ともいえる追い込みだった。浜浦は胸の内で拍手を送った。これだけの運転技術を他で活かしていれば、この男もそれなりの評価は得られただろう。

「やりましたね」

「まだだ。ここで逃がしたら何にもならん」

運転者はマセラティをパーキングエリアの出口方向へ移動させ、そこからUターンして駐車スペース内の車路を走るキャンピングカーに前から迫った。ここから逃がさない工夫だ。マセラティに車路の前方を塞がれ、キャンピングカーはついに停車した。後方からは、別の乗用車が距離を詰めてくる。もはや、逃れようはなかった。

キャンピングカーの運転席のドアが開き、ベージュの作業着の男が長めの髪を振り乱して飛び降りた。

浜浦も素早くマセラティから降り、飛び降りた男に向かった。

「待ちなさい！」

逃げようとした男の背中に強い調子で呼びかけた。

男の肩がぴくっと痙攣し、足が止まった。数秒後、突然、振り向いたかと思うと、頭を深々と下げた。

「すみませんでした」

弱々しい謝罪の声も洩れてくる。どうやら専門の車泥棒ではなさそうだ。

「なぜですか。盗まれた人が困るとは思わなかったのですか」

近づいた浜浦が柔らかく問い質した。

「じ、事情がありまして……」

恐る恐るという感じで顔を上げた男は、ひょろりとした細面の優男であった。顎に髭を生やし、若干不良ぶった印象はあるものの、根は気の弱い三十男ではないか。

「盗人にも五分の魂か」

マセラティを駐車し終わった青背広の男が、近くへ来て言い放った。『盗人にも三分の理』ではないか。一寸の虫と盗人がないまぜになっているようにも思ったが、指摘はしなかった。

「その事情とやらをお訊きしましょう。その前に」

浜浦はキャンカーを近くの空きスペースに止めた。後ろの乗用車はすでにバックして、姿を消していた。

多智花は、昼食用に買った食料をマセラティからすべてキャンピングカーのキッチンに移し、ハンカチにくるんだジェラートだけは冷蔵庫の冷凍室に収納した。

浜浦はダイネットに全員を招いたが、青背広の男だけは渋った。

「お陰さまでクルマを取り戻すことができました。一時はどうなるかと思いましたが、今は人心地つきました。あなたには心から感謝しております。つきましては、もう一つお願いがあります。この事件の決着を見届けていただけませんか」

「俺が？」

「ええ、この事件を解決したあなたこそ、見届け人としてふさわしい方だと思います」

その言葉が青背広の男の心を動かしたのか、黙ってステップを上がっていった。

テーブル席、対面シートの運転席側に作業服の男。その向かいに青背広の男。ベンチシートに浜浦と多智花が座った。

テーブルの上には、ペットボトルの緑茶と紙コップが置かれている。

「まずお名前からおっしゃってください。でないと、何を聞いても信用できませんので」

男は隠していないことを示すためか、運転免許証を取り出してテーブルに置いた。

「佐堀陽太《さぼりようた》です」

「わたしは浜浦と申します。こちらの女性は多智花さんです」

そう言って、青背広の男に目を向けると、仏頂面を見せながらも、彼も背広のポケットから名刺を出した。はだけた胸には、金鎖のネックレスが光っていた。

「黒河内卓哉《くろこうちたくや》さんでよろしいですね。立派な会社の専務さんなんですね」

「名目だけだけどな」

「申し訳ないことですが、黒河内さんにも、見届け人としてこの事情聴取にご参加をお願いしました。お時間は取らせませんので」

「早くやってくれよ」

黒河内は、落ち着かない素ぶりで言った。

「では、佐堀さん、わたしのキャンピングカーを乗り逃げした事情をお教えください。その内容によっては、警察へ通報することになりますよ」

警察という言葉に、佐堀のみならず黒河内もわずかだが反応した。

佐堀はつかえながらではあるが、浜浦のキャンカーを盗むに至る経緯を語り始めた。

詰まったり言い間違えたりと、回りくどい話であったが、頭の中で要約すると、浜浦はこのように理解した。

佐堀は大工見習いであり、岐阜県の飛騨川上流にできるダムの付帯施設建設工事に従事するため、現地に向かう途中だった。東京で職人募集があり、知人の紹介でこの一行に加えてもらうことができた。十数人が同じマイクロバスで移動中だったが、互いに見知らぬ間柄だった。年末まで帰宅はできないが、その分、報酬がよかった。

恵那峡サービスエリアで昼食休憩があり、食後の休憩時間に、佐堀は駐車場に止められていたキャンピングカーを見つけ、つい見惚れてしまった。キャンピングカーで旅行をすることは昔からの夢だったからだ。その間に、乗ってきたマイクロバスが佐堀を残して出発してしまった。人数チェックなどしてくれなかったようだ。知らないもの同士だから、一人くらいいなくなっても気づかれなかったのだろう。時計を見れば、集合時間は過ぎていたので、佐堀のミスであることは明白だ。

パニックになった。バスに連絡しようにも、誰の携帯番号も聞いていない。どうしてもバスを追いかけ、現地に行く必要があった。すると、目の前に、エンジンのかかったキャンピングカーがあることに気づいた。運転席に人の姿はない。まさに天の助けと思い、運転席に飛び乗って、バスを追いかけた。気持ちは焦っていたが、慣れない大きなクルマなので、思ったほど飛ばせなかった。自分のことで精一杯で、盗まれた人のことまで考える余裕はなかった。

「本当にすみません。でも、どうしても、逃してはいけない仕事だったんです」

佐堀は、心情を露わにして語った。

「そんなにやりたい仕事だったのですか」

「いえ、やりたいというより、妻と約束したんです。やっとありついたこの仕事で絶対に立ち直るって。夏には初めての子どもが生まれるんです。この仕事は、これまでのちゃらんぽらんな生き方を改める最後のチャンスだったんです。もう苦労はかけないって誓ったんです」

どうしても仕事を失う訳にはいかないという必死の思いが、前後の見境をなくしてしまったのだろう。

「それでクルマを盗んでりゃ世話はない」

黒河内は辛辣だった。

「た、確かにその通りです。そこがダメでした。俺って、どうしようもない奴です」

ゆで過ぎの野菜のように、佐堀はくたくたに萎れていった。

「少し話を戻しますよ。黒河内さんのマセラティに追いつかれ、煽られぶつけられそうになったとき、ぶつけ返そうとは思いませんでしたか。国産のキャンピングカーですが、マセラティと比べても大きさでは負けませんよ」

「とてもそんな気にはなりませんでした。クルマを傷つけてはいけないと思うばかりで、何とか避けようと必死でした」

浜浦のときもそうだった。自分からぶつけてでも立ち向かおうとは思わなかった。本能的に、事故を避けクルマを守ろうとした。佐堀の言葉には、まだ人間としての誠意が感じられた。

「ほとんどがそうだよ。そういう奴を選んで煽ってやるんだけどな」

黒河内が、悪びれた様子もなくしゃあしゃあと言う。慣れてくると、ターゲットを選ぶ眼力のようなものが養われるのか。その割に、由比パーキングエリアでの一件では、相手を見誤ったようだが。

「分かりました。これでお訊きしたいことは、すべてです。さて、どういたしましょう。黒河内さんはどう思われますか」

「お、俺か。俺の意見を訊くのか」

「ええ、大切な見届け人のご意見を伺うのは当然でしょう」

「そ、そうか。じゃ、言うぞ」

黒河内は一旦、言葉を切った。うなだれた佐堀に目をやり、唾を飲み込み唇をなめてから再度口を開いた。

「お、俺は、許してやったらどうかと思う」

佐堀が顔を上げた。意外そうな目で黒河内を見つめた。

「警察を呼ばなくてもよいとおっしゃるのですね」

「警察沙汰にするほどのことじゃねえだろ。クルマも戻ってきたことだしな」

佐堀の目が感謝の色を帯びている。

「なるほど。見届け人の黒河内さんがそうおっしゃるのなら、わたしに異存はありません。その通りにいたしましょう。佐堀さん、あなたは黒河内さんのお陰で救われましたね。黒河内さんがあなたを追っかけて、ここで捕まえてくれた。その結果、あなたは犯罪者にならなくてすんだ。わたしが警察に通報していたら、そうはならなかったでしょう。黒河内さんは、奥さんや生まれてくるお子さんのことまで考えて、あなたを犯罪者にしないようご判断されたのです。黒河内さんに感謝してくださいね」

「ありがとうございます。このご恩は一生忘れません」

佐堀は立ち上がり、黒河内に最敬礼をした。

黒河内は目を何度も瞬いた。

「ま、まあ、いいから、座れよ」

黒河内の言葉に素直に従い、佐堀が再び腰を下ろす。

「で、お前、これからどうすんだよ」

「どうすると言われても、東京へ戻るしかありません」

しょんぼりと肩を落とし、佐堀が息を吐いた。

「佐堀さんが家に帰ってきたら、奥さん、悲しいだろうな」

多智花のひと言だった。ごく率直な感想だけに、心を打つものがあった。全員が黙り込んだ。佐堀が帰宅したときの、妻の心情を推し量ってのことだろうか。

浜浦は見落としていたものがあることに気づき、頭の中で懸命に模索をした。脳みそが熱くなるほど考え、やがて、おぼろげながら答えらしきものが見え、次第に明瞭になっていった。

浜浦は佐堀に視線を据え直した。

「佐堀さん、わたしも黒河内さんに触発されました。少しお手伝いをしてよろしいか」

佐堀は目をぱちくりさせるばかりだ。

「これから行くはずだった建設現場の場所は分かりますか」

「あ、はい。ここに住所が」

佐堀はポケットから皺だらけになった紙片を取り出した。

「では、これからわたしがお送りします」

「ええっ！」

先に声をあげたのは黒河内のほうだった。

「送ってやるのか。この男は、あんたのクルマを盗んだ奴だぞ」

「はい。黒河内さんのお陰でキャンピングカーは取り戻せました。しかも、あなたはこの人を許せとおっしゃった。ならば、わたしも何かしなければならないでしょう。この人を送り届け、やっとこさ見つけた大切な仕事を逃さないようにしてあげれば、わたしも気がすみますし、この人の奥さんが悲しむこともない。おそらく、黒河内さんのご意向にも沿うことになるのでしょう。多智花さん、少し回り道になりますが、ご承知いただけませんか」

「いいですとも。望むところです」

多智花は特上の笑顔を見せた。

黒河内はいつものひねくれたような表情を改め、じっと自分の手を見つめていた。心に生じた動揺を堪えているのだろうか。その顔は、深い井戸を覗いてでもいるようであった。

佐堀は両手を合わせて、浜浦を拝んでいた。この男なりの、精一杯の感情表現なのだろう。

「俺は行けんぞ」

暫くたって、黒河内はそうつぶやいた。

「もちろん、われわれだけで行きます。黒河内さんは、名古屋へ戻ってください。そうだ、もらいものですが、野菜とイチゴを持って帰ってください」

「いらねえよ、そんなもの。とにかく、借りは返したからな」

黒河内は立ち上がった。

「そう、おっしゃらず。イチゴは明日、職場へ持っていってください。きっと、喜ばれますよ」

「そんなこと、したかねえよ」

「騙されたと思って、お願いします。それから、助けていただいたわたしが言うのも何ですが、煽り運転はもうこれっきりにしてくださいね」

浜浦の声を無視して、黒河内はドアに向かった。その背中を見て、浜浦は気づいた。初めて会って以来、漠然と感じていたすさんだオーラが、なぜか薄れつつあった。

降りたところで、浜浦と佐堀は再度礼を述べたが、黒河内はろくすっぽ聞こうとせず、マセラティの方向に去っていった。後ろに、多智花が立っていた。イチゴなどを詰めた袋を提げていた。

「わたしにお任せを」

言い残して、多智花は黒河内を追った。

追いついた多智花は、マセラティの横でひとしきり黒河内と立ち話をしていた。どういう経緯か、手持ちの袋は、いつの間にか、黒河内の手に移っていた。話が終わり、多智花がこちらに向かってくる途中で、マセラティは急発進して駐車場を出ていった。

「お疲れさまでした。お礼の品は受け取ってくれたみたいですね」

「ええ、袋にサンドイッチと飲み物も入れておきました。昼食がまだなんじゃないかと思って。一緒に渡したら、取ってくれました」

彼も昼食を抜いて、盗まれたクルマの追跡をしてくれたのか。いくら借りを返すためとはいえ、ありがたいことだった。

「いいところに気づいてくれましたね」

「浜浦さんのことを『変なオッサンだな』と言ってましたよ」

「わたしが変ですか。至って普通の人間、いや普通以下の人間なんですが」

「クルマ泥棒をわざわざ送っていくことが、考えられなかったようです」

「そのほうが、喜ぶ人が多くて、楽しいんじゃないかと思うんですけどねえ」

「そのことです。あの人も、『ここんとこ、むしゃくしゃすることが多く、煽り運転で憂さ晴らしをしていたが、もしかしたら人を困らせるより助けるほうがストレス解消になるんじゃねえかな』なんて、そんな意味のことを恥ずかしそうに口にしてましたよ」

「へえ、そんなことを……」

浜浦の胸に、ずんと響いた。善を為すこと、最も楽し。まさに、『為善最楽《いぜんさいらく》』の境地だ。出典は後漢書だったか。

多智花がまだ何か言いたそうな表情を浮かべていたので、目で促した。

「由比パーキングエリアで黒河内さんを助けたことが、結果的に、盗まれたキャンピングカーを取り戻すことに繋がりました。浜浦さんは、こうなると分かってたんですか」

「まさか」

滅相もないことを言う。

「ですよね。でも、あまりにできすぎですから、そう感じてしまいます」

「たまたまですよ。こんなありがたいことになるとは、誰だって想像もつきませんから」

多智花は一応うなずいたが、合点《がてん》がいった顔ではなかった。

「訊かれたので、黒河内さんに連絡先を教えました。ダメでしたか」

「いいえ、こちらも名刺をいただきましたのでね。問題ありませんよ。さあ、そろそろ出発しましょう」

午後三時になろうとしていた。こちらも昼飯にありつけないままだが、時間が惜しいのでそのまま運転席に着いた。助手席には多智花が座り、佐堀はダイネットのテーブル席だ。

佐堀のメモに書かれた目的地の住所をカーナビに入力する。

「白川温泉の近くですね。そこから白川の支流を五キロほど遡ったところにあるようですが、メモの住所は山の中を示してますね。ここからですと、六十四キロ、到着時間は四時三十分と出ました。では、出発します」

後方の佐堀にも聞こえるようにカーナビの情報を口にし、キャンカーを出発させた。

去りゆく屏風山パーキングエリアは、丼物や麺類の幟がはためき、空腹の浜浦を挑発しているかのようであった。ベンチの配置された小ぎれいな広場は、昼下がりの柔和な日射しに照らし出され、のどかな絵画となって車窓を過ぎ去っていく。

本線に合流し、走行するクルマの流れに乗ってひたすら先を急ぐ。土岐ジャンクションに至り、東海環状自動車道を北上して美濃加茂《みのかも》インターチェンジで高速道路を降りた。ここまでは順調だった。

一般道路で白川温泉まで走るが、道路事情により結構時間がかかった。さらにその先の白川支流沿いの道は、道幅がかなり狭くなり、ところどころにすれ違いができる待避所はあるものの、対向車が来ないことを祈りながら運転した。何せこちらは幅広のキャンピングカーなのだ。簡易舗装こそされているが、本当にこんなところを走ってよいのかと、頭の中で疑問符が飛び交い警告灯が点滅していた。マイクロバスも通ったはずだと自分に言い聞かせ、我慢の運転を続けた。工事が本格化するまでには、拡幅もされて、ダンプも通れる道になるのだろうが。

カーナビが目的地到着を告げたが、周囲をどう見ても木々が繁茂するばかりで、明らかにまだ途中だ。上下左右に目配りをしながら、さらに数分、慎重にハンドル操作を継続していると、ついに開けた場所に出て、プレハブの建物なども視界に入ってきた。看板などから察すると、洪水防止用ミニダムの建設現場のようだ。佐堀は、ここの施設管理所など付帯施設の建設に従事する作業員の仕事に応募したのだろう。

二階建てプレハブ建物の近くまで進めて、キャンカーを止めた。敷地の奥に、マイクロバスも見える。だが、大型重機などはどこにもない。まだ、工事の事前準備段階なのではなかろうか。

「お疲れさまでした。ここでお別れです。ご家族のためにも、お仕事、頑張ってください」

後ろの佐堀に声をかけた。

「本当にお世話になりました。ハマウラさんとタチバナさん。お二人の名前、一生忘れません」

深い礼を残して、佐堀はクルマを降り、プレハブ建物の中に消えた。

浜浦はキャンカーを切り返して、元来た道の方向に向きを変えた。その時、プレハブ建物の引き戸が開き、バッグを抱えた佐堀が出てきた。バスに残した荷物を返してもらったのだろう。顔色が冴えない。その後ろから現場着に身を包んだ腹の出た男も姿を現した。足もとは安全靴だ。

「わざわざ来てくれてすまんが、遅かったよ」

男の喋るのを聞いて、浜浦は運転席から素早く降りた。

「佐堀さん、どうなりました」

「ダ、ダメでした。もう新規雇用者登録は終わったそうです」

首を折って、佐堀が力なく答えた。

「あんた、誰だね」

浜浦を、そして、その背後のキャンピングカーを見て、腹の出た男は少し驚いた素ぶりを見せた。

「わたしは、この佐堀さんに助けられた者です。佐堀さんが間に合わなかったのは、わたしたちのせいなんです」

「どういうことかね」

男は突き出た腹を浜浦に向けた。胸元に『野尻《のじり》』の名札が見える。まん丸い目と二重顎が特徴の愛敬ある顔立ちだった。

「あなたは？」

浜浦が問いかける。

「わしは、ここの工事を請け負っている会社の下請けで、現場監督を務める野尻だ。新規に雇う人間は元請け会社に登録せにゃならんのだが、先ほど、終わっちまってよ。この人は登録から洩れちまった。で、何があったって」

「恵那峡サービスエリアで、わたしのクルマは車上荒らしに目をつけられ、危うく被害に遭うところでした。それを、この佐堀さんが見つけて、身の危険も顧みず、犯人を撃退してくれたんです。それで、佐堀さんは、マイクロバスに乗り遅れてしまいました」

すらすらと作り話が出てくる。浜浦は、そんな自分が不思議でもあった。

「ほんとかよ。さっきはちょっと気を抜いてるうちにバスが出たとしか聞いてないぞ」

「気を抜いたどころか、三人を相手に大立ち回りでした。本当に感謝しております。でなかったら、こんなところまでお送りしませんよ」

こんなところで悪かったな、と言われても仕方がなかったが、野尻はそうは言わなかった。

「そりゃ、そうだな。あんた、華奢だしヤンキーっぽくも見えるけどやるじゃないか」

野尻が佐堀の顎髭辺りに目を向けた。

「ですから、登録のほうを何とか……」

浜浦は、先ほどの佐堀のポーズを思い出し、両手を合わせて野尻を拝んだ。

「そうしてやりてえんだが、元請けのほうがどういうか。細かいことにうるさいっていうか、若造なんだが、ちょっと厄介な奴なんだ」

多智花が降りてきた。手に持ったイチゴを三パック、浜浦に手渡した。

「野尻さん、こんなものしかありませんが、どうかよろしくお願いします」

野尻の腕にイチゴを押しつけ、浜浦は上体を折り曲げた。その時、ふと思いついた。頭を戻しながら、上衣のポケットに手を突っ込みハンカチを取り出そうとした。ハンカチがすんなり出ず、ポケットから何かが地面に落ちた。

「落ちたよ。ほら、名刺か何かだろ」

「えっ、ああ、すみません」

野尻に指摘され、浜浦はゆっくりとした動作で落した名刺を拾いあげた。

「あ、あんたは黒河内建設の……」

野尻は名刺を読んだのだろう、イチゴを抱いたまま後の言葉を忘れた。

「見なかったことにしてください。今日はプライベートなので」

野尻は黙ったまま、思案を巡らしているようであった。

「まっ、そういうことなら……ちょっと時間をくれよな」

野尻は首を振り振り、イチゴを持って、一旦、建物の中に入っていった。

多智花が目で合図を送ってくる。やり過ぎと言っているようだ。浜浦も目で『嘘をつかねば仏になれぬ』と返したが、伝わったかどうか。

佐堀は、判決を待つ被告人のような緊張に満ちた顔を崩していなかった。何も気づいてはいないようだ。

野尻は五分ほどで、再び姿を現した。瞳に安らぎが宿っていた。

「追加登録をしてくれるそうだ。急いでいくぞ」

ぴくんと背を立て、佐堀がぎこちなく口を開けた。笑顔をうまく作れなかったようだ。

「ありがとうございます。さすがは野尻さんです」

浜浦は如才なく礼を述べた。

「黒河内建設さんには、いつもお世話になってるからなぁ。ヘタな対応はできないよ」

小声ではあったが、確かにそう聞こえた。

「担当には、よく伝えておきます」

涼しい顔で言って、再度、頭を下げた。

野尻は佐堀を連れて、奥にある平屋の建物に向かって歩き始めた。十歩ほど進んだところで、佐堀が突然、走って戻ってきた。

「こ、これ！」

髪を振り乱したまま、バッグから細長い物体を取り出した。

「何でしょうか」

「妻が入れてくれたものです。これを、お、お礼に」

それだけ言うと、軽く頭を屈めて、野尻のもとへ走り去った。

浜浦の手に、一本の赤ワインのボトルが残された。ラベルをよく見ると、ノンアルコールの表示がある。せめてこれでも飲んで、お酒の気分を味わってほしい、という奥さんの心遣いだろうか。

「どういたしましょう」

多智花にボトルを見せる。

「そのくらいは、いただいてもよろしいんじゃないですか。佐堀さんのお気持ちですから」

「ですね」

浜浦はワインのボトルを押しいただいて、遠くなった佐堀の背中にお礼と激励の念を送った。

キャンカーに戻った二人は、ダムの現場を後にした。

神経をすり減らす狭い道を抜け、やっと走りやすい公道に出たところで、多智花が意味ありげな眼差しを向けてきた。

「言いたいことがあるようですね」

「だって、あれは詐欺みたいなもんじゃないですか」

「何のことですか」

「黒河内さんになりすましたことですよ。わざと名刺を落として、あのおじさんに見えるように拾い上げましたね。佐堀さんはおろおろして感づいてはいなかったみたいですが、わたしには見え見えでした」

「わたしは、ひと言も黒河内建設の専務だとは口にしてませんよ。黒河内建設はそれなりに知名度のある会社なので、こういう現場では、もしかしたら効果があるかなと、ちらっとは頭によぎりましたけどね」

下請け専門の会社なら、準大手の黒河内建設に多少の忖度があるのではないかと期待したのは事実だ。

「相手は絶対、誤解してましたよ」

「回り道して、あんなところまで送っていったので、何とかしてあげたいなと思ったのは事実ですけどね。ちょっとやり過ぎでしたか」

「それもそうですが、あれは危なかった」

「何のことですか」

「被ってる帽子の横に、『松河運送』って、表示されてますけど」

「あっ！」

思わず帽子に手をやった。

「どう考えても、黒河内建設の専務さんが被るはずのない帽子です」

うっかり失念していた。野尻に気づかれなくて幸いだった。

「でも、佐堀さんと奥さんのためですから、今回はすべて大目にみてあげましょう」

多智花は腕を組んでうなずいている。

「そういうあなただって、イチゴで現場代理人を籠絡《ろうらく》しようとしたじゃないですか」

「えへっ。ばれてましたか。行き詰まってたみたいだったので、何とか打開したくて。甘いイチゴでも渡せば、相手は折れてくれるんじゃないかって、思いました」

「正解です。咄嗟にそういう発想ができたのはすばらしいことです」

多智花はうれしそうに鼻をこすった。

「それで、イチゴの残りが三パックになりました」

「あなたが全部持って帰ればいい……いや、一パックだけ、わたしにいただけませんか。ちょっと、使いたいところがあるので」

「もちろん、いいですよ」

多智花は口を閉じ、頭の中の何かを追いかけているようであったが、時間を置かず再び口を開いた。

「ダイネットに座って、四人で話していたとき、佐堀さんに言って聞かせていたように見せて、あれは、黒河内さんにもメッセージを送っていたんでしょ」

「何の話ですか」

「黒河内さんが、警察を呼ばずに許してやろうと言った後のことです。黒河内さんが佐堀さんのご家族のことまで考えて、犯罪人にしないよう配慮した。そんな風に、浜浦さんは説明されましたよね。黒河内さんは、単に、自分も後ろ暗いところがあるので、警察を呼びたくなかっただけなのかもしれないのに、如何にも、佐堀さんのために、人情味ある判断を下したと解説されたでしょ」

「そうだったかな」

「あれは佐堀さんへの言葉でしたが、実は、黒河内さんに向かっての発信でもありましたよね。こういうように考えたらどうですかって。佐堀さんは、黒河内さんの温かい気配りと信じ、心から感謝の念を伝えた。黒河内さんは想定外のことにうろたえてましたよね。あれから、黒河内さんは少しずつ変わっていったように思います。最後に、浜浦さんが佐堀さんを送っていくと聞いて、さらにショックを受けたみたいでしたよ」

「よく見ていますね」

観察眼を褒めた。

「あの二人って、どこか似てません？」

多智花の感性は、いつもながら、なかなかに鋭利だ。

「確かに、お二人とも、同じような匂いを漂わせていましたね」

黒河内と佐堀。年代こそ近いが、生い立ちも境遇も全く異なる。なのに、どこやら、生き方に同種の甘えのようなものを感じてしまう。

「でも、すごいですね、浜浦さんって。みんな分かってて、大らかに包んでしまう」

今度は多智花から褒められた。その口ぶりは、心の深奥からにじみ出るしみじみとしたものであった。

「買い被りですよ。今回、こんな山奥まで佐堀さんを送ってこれたのは、あなたの言葉を聞いたからです。『奥さん、悲しいだろうな』あれには、心が大きく揺さぶられました。わたしの考えはそこまで及んでいなかった。それで必死に考えて、彼をこのまま東京へ帰してはならない、新しい職場まで送ろうと思いついたのです。多智花さんのお陰で、気がつかなかったことに気づけた。後で気づいたら、大きな心残りになるところでした」

多智花は目を伏せたまま、何も言わなかった。

「さあ、間もなく白川温泉です。やっとここまで戻ってきましたよ」

午後五時を回っていた。日は傾き、路傍に立つ電柱の影は長く地を這っているが、世間の明るさはまだ充分に残っている。

「これからのルートをどうとるか、調べてみないといけません。ちょっと止めてよろしいか。コースを決めて、カーナビにも入れたいので」

「ええ。ちょうど前方左手に、ショッピングセンターみたいなのがありますよ。あそこの駐車場に入れませんか」

多智花の提案に従い、キャンカーを駐車場に乗り入れた。空いていた区画に駐車してから、カーナビを操作し、川西市の自宅を目的地とした。

「出ました。美濃加茂インターチェンジから東海環状自動車道を美濃関《みのせき》ジャンクションまで走り、そこで東海北陸自動車道に乗り換えて、南下するルートがお勧めとなってますね。そうすると、一宮《いちのみや》ジャンクションで名神高速に合流できます。吹田《すいた》ジャンクションで中国自動車道に入り、自宅最寄りの中国豊中《ちゅうごくとよなか》インターチェンジで降りる。そのコースで、二百四十キロ、三時間四十分かかりますね。このまま飲まず食わずに走っても、川西到着は九時頃になります。予定外の寄り道で、遅くなってしまいました。申し訳ありません」

多智花の自宅は、西宮市にある甲子園球場の近くと聞いた。こんな時間になるなら、川西池田駅で、『はい、お疲れさま』という訳にはいかないだろう。近くまで送るとすると、吹田ジャンクションで中国道に入らず、名神高速をそのまま終点の西宮《にしのみや》インターチェンジまで行ったほうがよい。まだ、先は相当に長い。

そんな浜浦の心を読んだのだろうか。多智花が気遣いを見せつつ話しかけてくる。

「浜浦さんこそ、今日は大変な一日になってしまいましたね。お疲れでしょう」

言われてみれば、その通りだ。『中信濃の湯』を出て、松本城でも見物して気楽に帰途に就く予定だったのが、大きく狂った。思わぬ出産に立ち会い、母子を家族のもとに送り届けたかと思うと、恵那峡サービスエリアではキャンピングカーを盗まれ、あろうことか、煽り運転常習の黒河内の厚意（？）で、マセラティに同乗させてもらい追っかけた。

捕まえた屏風山パーキングエリアで犯人である佐堀を説諭し、その後は、佐堀の新たな就職先であるダムの現場まで送っていった。一日のスケジュールにしては、相当過密で多彩なメニューではなかろうか。おまけに、朝飯以降、腹にたまるものは口にしていない。六十という年齢からも、少々疲れを感じたとしても、やむを得ないのではないか。

「ちょっと頑張りすぎましたかねえ」

「浜浦さん、今日中に帰らないとダメなんですよね」

「ええ、明日の午前中に、どうしても京都へ行かないといけないんです」

「でも、このままだと、夜の運転になりますよ。お嫌いなんでしょ。わたし、ペーパードライバーなんで……」

「あなたに交替してもらおうとは、これっぽっちも考えていませんよ。それに、こいつの扱いは、普段から運転に慣れてないとちょっとしんどいです。確かに、夜の運転は好きじゃないですね。景色が見えないと、楽しくないでしょう。でも、好きじゃないだけで、運転できない訳ではありません。まだ体力的にも大丈夫です」

浜浦は右腕を曲げ、力こぶを誇る真似をして見せた。

「よかったらですが、今日はどこかに泊まって、ゆっくり休んで、明日、京都に直行されたら如何ですか」

予想外の申し出だった。今日中に帰宅するという堅牢だったはずの決意が、どうしたことか脆さを見せ始めている。

「多智花さんは、よろしいんですか。三泊目になりますよ」

「わたしは問題ないです。どこかでちょっとお買い物ができれば」

「ありがたいご提案ですが……」

帰ると決めていたはずなのに、泊まってもよいかとの感情がムクムクと湧いてくる。

「明日、京都のどこか、駅の近くででも降ろしてくだされば、そこから電車で帰ります。ご用事のお邪魔はしませんから」

「邪魔なんてことはないんですが……、よし、多智花さんがそうおっしゃるなら、今晩も泊まることを考えてみましょうか」

いつの間にか、固い決意は意識の片隅に追いやられていた。重要なのは今日帰ることではなく、明日の午前中に京都へ行くことだ。そう、自らを納得させる。

浜浦は思いついた場所をカーナビに入れてみた。

「こういうのは、どうでしょう。ここから、百三十キロ先の名神高速に多賀《たが》サービスエリアがあります。宿泊施設があって、大浴場もあるサービスエリアなんです。そこまで走って、お風呂に浸かってから、宿泊施設に泊まったらどうでしょう」

多賀サービスエリアの入浴施設は、泊まっても泊まらなくても利用できる。前に運転手たちから聞いた情報だ。浜浦自身は入浴したことはないが、体験者の評判は悪くなかった覚えがある。

「お風呂があるんですか。いいですね。でも、宿泊施設なんかで泊まらなくても、お風呂だけ入って、このクルマで寝たらいいじゃないですか」

サービスエリアはあくまで休憩施設だが、仮眠程度の車中泊を咎《とが》められることはない。

「それもできるんですけど、この中ではゆっくり眠れないでしょう」

「いいえ、ぐっすりと眠れます」

あっけらかんと多智花は言い切った。

「じゃ、そうしましょうか」

「ここから、二時間くらいで行けます？」

「カーナビでは二時間九分となってます。七時過ぎに着けますね。それくらいの運転ですむなら、自宅に帰る半分ほどの距離ですからありがたいです」

「明日の行程は？　多賀から京都の目的地まではどのくらいあるんですか」

「ええっと、七十キロ弱。約一時間ですね」

「でしたら、午前中の到着は楽勝ですね。決まりです。多賀サービスエリアへ行きましょう。でも、その前に、五分だけ下さい。このショッピングセンターで買い物をしてきます」

多智花は一旦ダイネットに入り、ごそごそした後、ショッピングセンターに消えていった。事前準備のない三泊は、年寄りの男でも辛いものがあるが、若い女性ならなおさらであろう。化粧品など、浜浦には分からない苦労があるに違いない。もともと多智花は薄化粧に見えていたのだが、もしかしたら、手もとに化粧品もなく、物理的に化粧が不可能なだけだったのかもしれない。

ショッピングセンターは二階建てで、一階中央のスーパーマーケットをキーテナントに、衣料品店、ドラッグストア、飲食店など、五、六店舗が入っているようだ。

クルマに残った浜浦も、思いついて、ショッピングセンターで下着などを買いトイレもすませることにした。その際、店の人にお願いして、シンクの排水タンクの水を、トイレに流させてもらうことができた。気になっていたことが、一つ解決した。

用事をすませて運転席に戻り、待つほどもなく、ショッピングセンターから出てくる多智花の姿が見えた。

「お待たせしました」

多智花が手提げ袋を手に助手席に戻ってきた。

「では、出発でよろしいか」

「その前に、これを食べません？」

差し出したのは、串に刺した小判型のものだった。湯気が立っている。

「何でしょう。今、買ってきたんですか」

「いいえ、恵那峡サービスエリアで買った五平餅ですが、中のお店で電子レンジを借りて温めてきました」

「うまい！」

串を手に取り、思わずかぶりつく。それほど空腹だった。

舌の条件反射で勝手に言葉が流れ出ていく。

餅というより、米の粒々の食感が強く、ゴマの香りの甘辛い濃厚タレが野生の食欲をかき立てた。

「ですよね。半つきのうるち米だそうです」

多智花も食べながら、包装紙の説明文を読んでいる。

時間がない中で、最小限の小腹を満たす、絶妙の軽食提供であった。

二本ずつ食べて、お茶で口の中を洗い、美濃加茂インターチェンジに向けキャンカーを発進させた。腹に食べ物が入ったせいか、潮が引くように疲労が薄れ、体に活力が甦っていた。

温泉街に近い街道は一日の終盤の強い残光を浴び、古びた建物でさえ燦々《さんさん》と輝いて見えた。

第 3 章

十年前と、これから

六

　一宮ジャンクションで名神高速に合流したとき、浜浦は何となく安心感を覚えた。関西圏の人間にとって、名神高速はホームグラウンドのようなものなのか。養老《ようろう》ジャンクションを過ぎ米原《まいはら》ジャンクションまで来ると、北陸道からのクルマが加わり、交通量が増して走りづらくなったが、そこから十分ほどで多賀サービスエリアに着いた。滋賀県である。駐車スペースにクルマを収めたとき、肩の力が抜け、息を大きく吐いた。今日の運転はこれで終了だ。

「よく頑張りましたね」

　多智花が慈愛の籠った眼差しを向けてくれた。職業柄、老人介護施設で使い慣れた物言いなのかもしれない。だが、今の浜浦には身に染みるご褒美の言葉であった。

　遠くに見える山の端は未だ余光に包まれていたが、駐車場には照明灯が明るい光を投げかけていた。

「先に食事にしますか。それとも、お風呂に行きますか」

　多智花に問いかけた。

「できたら、お風呂で湯船に浸かって手足を伸ばしたいんですけど、浜浦さんは、食事がいいですか」

「わたしもお風呂が先でいいです。五平餅でお腹は持ってますから」

二人でクルマを出て、建物に向かった。大規模なサービスエリアで、建物も何棟か目にすることができる。そのうちのどれかに、大浴場があるはずだ。

五分後、浜浦は熱めの湯の中で体を伸ばし、身も心も空にしてたゆたっていた。それでも、頭の隅っこにへばりついたシコリのようなものは認識していた。十年間、ずっとシコったままで消えたことがない。年に一度の大切な儀式は、明日に迫っている。

それにしても長い一日だったが、思い返そうにも、脳が休息を求めていた。疲労の成分が湯の中に溶け出していく。同時に眠気も襲ってきて、二十分ほどは意識を失った。幸い空いていたので、誰の邪魔にもならなかったはずだ。

意識を取り戻したとき、多智花との間で決めた、ざっとした集合時間を思い出した。一時間までの入浴利用料金を選んでいたので、さっさと体を洗い髭も剃って、脱衣場へ出た。生き返った思いだった。

クルマに戻ってダイネットに落ち着いた。運転席に近い側のシートに座って、待つほどもなく、多智花も帰ってきた。まだ、髪が乾ききっていない。

「お待たせしました。サウナまであって、とてもいいお風呂でした。リフレッシュできました」

笑みをたたえた顔は、すっぴんではなかろうか。よく見れば、パーカーの下に着ているTシャツがさっきまでと違うようだ。ショッピングセンターで買ったのだろう。

「わたしも復活しましたよ。ところで、食事はどうします。たまには、レストランにでも行きますか」

「ごめんなさい。これ、買ってきちゃったんです」

多智花は、手に持っていた有名どころの焼き餃子の箱を持ち上げた。

「焼きたての熱々なんですよ。どうしても我慢できなくて」

「何よりのご馳走です。じゃ、ここでいただきましょう」

昼に買ったサンドイッチや握り飯などもダイネットのテーブルに積み上げられる。

「せっかくの機会ですから、いただいたノンアルコールワインも賞味してみませんか」

浜浦の申し入れに、多智花の目が輝いた。

「おう、何と幸せなんでしょう」

紙コップに注いで、乾杯する。喉を経て、空きっ腹にワインが染み通っていく。アルコールが入ってなくても、それなりの味わいがある。餃子に箸をつける。熱々の肉汁が口の中に広がり、同時にニンニクの匂いが鼻に抜ける。うまいの極みだ。

「このワインはノンアルですけど、サービスエリアってお酒を飲んでもいいんですか」

ふと真顔になって、多智花が訊いてくる。

「基本、サービスエリアではアルコール類は売ってないんですよね。ここにある宿泊施設のレストイン多賀でも売ってませんでした。だから、サービスエリア区域での飲酒は想定されてないいんだと思います。でも、自分で持ち込まれたら、どうしようもない。そこは、運転する者の自己責任ですね」

「飲酒運転にならなければいいけど」

「飲んだ後、数時間寝て酔いが醒めたつもりでも、まだアルコールが残っていることが多いんです。だから、前の職場では、運転手さんたちに仮眠時の飲酒は禁止してましたね」

「でも、世間には、つい飲んでしまうドライバーもいるんですよね」

「そのために、これがあります」

浜浦は、ポケットから小さな物体を取り出した。掌の中に入る、笹かまぼこほどの大きさだ。

「何ですか」

「アルコールチェッカーです。貨物の運送にあたり、出発前のアルコール検査は当然のことですが、普段から個人でも自覚を持ってもらおうと、数年前に会社から社員全員に配りました。わたしもいただき、飲んだ日の翌朝はいつもこれで計ってます。呼気一リットル中のアルコール濃度が、〇・一五ミリグラム以上だとアウトです。昨晩も、ビールを飲んだので、今朝も使いました。なので、今ではどれだけ飲めば、何時間でアルコールが分解できるかだいたい分かるようになりました。人によって、肝臓の分解能力は様々ですけどね」

「いつも、どんなときも、しっかりしておられますね」

多智花はアルコールチェッカーを手に取り、ワインを飲んでは、呼気を吹きかけていた。無論、ノンアルなので数値は出ないのだが。

餃子を食べ終えると、サンドイッチや握り飯も腹に収めた。底が抜けたかと思うほど、いくらでも入った。多智花も、同じように次々と目の前の山を消費していく。

腹が満たされるとともに、疲労感がじわじわと表面ににじみ出てくる。

窓の外はとっぷりと暮れていたが、車内の照明はダイネットを照らし出している。LEDライトなので消費電力は少ない。それでも、バッテリー消費を節約するため、光量を絞ったので、ほんのりとした明るさだ。豪華な内装とも相まって、どこかのパーティーラウンジで飲んでいる気分になる。それも、VIPシートで。

「浜浦さんはほんとに芯がしっかりされてて、それでいて、いろんな物事に精通されていて、世間のことを何でもよく分かっておられて……」

多智花も疲れているのか、それとも眠いのか、やや舌を縺《もつ》れさせながら、言葉を選び選び喋ってくる。ワイン風味の影響を受け、酔った気分なのかもしれない。

「そんなことはありません。ごく普通のオッサンですよ」

「わたし、ちょっと不思議なんです。勢いで言っちゃっていいですか」

「ご遠慮なく何でもどうぞ」

「ご本人とお仕事がピッタリこないんです。運送会社で配車係をされてたんですよね。どうもイメージが違うんですよ」

「おや、そうですか。間違いなく十年間、配車係でしたが」

「誤解されないように言っておきますが、決して配車係の仕事をヒボウしている訳ではないんですよ。ただ、浜浦さんとはどこか合わないんです」

「でも、本当に配車係をやってました。あの仕事も結構難しいんですよ。運転手さんの適性や仕事との相性を考えないといけませんし、何より大事なのは、仕事の配分を公平にすることですね。十年もやってると、慣れてきますけれどね」

「それだ。ここ十年は配車係だとしても、その前は何をされてたんですか」

多智花は核心を突いてきた。単に勘が鋭いだけか、それとも、物事の本質を見抜く能力を持っているのか。

「それはそのう……」

「やっぱり言いにくいことでしたね。すみません」

多智花は申し訳なさそうに頭をかいた。

遠慮なく、何でも訊いていいと言ったのは誰だったたか。

「教師でした」

とうとう口に出してしまった。こちらまで、疑似ワインで酔ったのか。

「やっぱり。そうじゃないかと思ってました」

多智花ははしゃいだ声を出した。

「どうしてそう思ったのですか」

「このキャンピングカーに乗るようになってから、そう、あの雨の日に初めて乗ったときから、ずっと何となく感じていたんです。先生と一緒に旅をしているような感覚なんです。

東京へ着くまでの車中でも、奥さまと話していました。奥さまも『何だか、遠足に来ているみたいね』っておっしゃって、それでわたしは『浜浦さんは、引率の先生みたいですね』と返して、二人で笑い合いました」

そうなのか。思ってもいなかった。十年の空白期間があっても、二十数年間の教師生活で染みついたものが自然に出てくるものなのか。

「でも、決して嫌な感じじゃないんですよ。真崎さんを説得されたときもそうでしたが、なぜか気持ちよく受け止めていたんです。そのうち、一緒にいるだけで心がスキルアップしていくような、得した気分にもなっていました」

多智花はつけ加えてくれた。おそらく、わたしを傷つけないために。

「ありがとう。でも、わたしはいい教師じゃなかったんですよ」

「そんなことはないでしょう。どちらで、先生をされてたんですか。川西市ですか」

「いえ……京都です。中高一貫の私立の進学校でした。全国から生徒が集まってきていました」

「だから標準語に近い話し方をされるんですね」

「関西弁では、教え子全員に同様のニュアンスが伝えにくい場合もありましてね。自然と標準語風になるんです。でも、イントネーションまでは直せません」

次々と喋らでのことまで口に出してしまう。

「教科は何でしたか」

「高校生を対象に、古文と日本史を担当してました。護身術もその頃に、同僚の体育教師から習いました」

「そっか。その護身術を使って、美合のパーキングエリアで黒河内さんをやっつけた」

多智花は紙コップのワインもどきを飲み干し、ボトルから新たに注いだ。浜浦もまだ紙コップに残っていた液体を口に含んだ。

「浜浦さん」

多智花が上目遣いに見つめている。

「どうして、先生をお辞めになったんですか」

ついにその質問が発せられた。

「一番、浜浦さんに合ってるお勤めだと思いますけど。生徒に慕われる人気者の先生だったでしょう」

「そうじゃないんですよ。もしそうなら、あんなことには……」

言うべきか、迷った。ずっと封印してきた過去の汚点だ。今さら、ここで自らの口から暴露すべきことなのか。心の葛藤が苦渋の表情となって現れ出たらしい。

「ごめんなさい。お辛そうですね。もういいです」

申し訳なさそうに見つめる多智花の顔に接し、浜浦は迷いを捨てた。多智花には、人の心を解きほぐす何らかの力があるのかもしれない。

「いえ、あなたには聞いていただきましょう」

浜浦は意を決し、紙コップの中味を残らず喉に流し込んだ。

「先ほど申し上げた通り、わたしは京都の私立学園に教師として二十数年間勤務しておりました。進学校だけに、校風として勉強の指導は厳しかったと思います。そんな中でも、わたしは生徒一人ひとりに向き合い、個別の能力や家庭環境も踏まえた必要な指導をしてきたつもりでした。それが、驕《おご》りだったんですね」

「何がありました？」

恐る恐るといった風情で、多智花が先を促してくる。

「担任をしていた高二クラスの男子生徒が自殺をしました」

「あっ」と、多智花が声にならない声をあげた。

「頭のよい、家庭環境も申し分のない生徒でした」

「その生徒さんがなぜ……」

「わたしの教え方が厳しかったからです。それを苦に、わたしから逃れるために死を選びました」

淡々とした話しぶりを維持しようと努めた。強い意志の力が必要だった。

「遺書があったのですか」

「いえ、見つかりませんでした。でも、同じクラスにいた女子生徒が、彼から聞いたことを学校側に伝えてくれました。それによると、担任の先生から、最近の成績低下のことをきつく叱られ、ひどく落ち込んでいたということでした」

「本当の話ですか。浜浦さんがきつく叱ったということですよね」

多智花は、信じられないという面持ちを見せた。

「高二になって急に成績が降下したので、特別に話し合いの場を持ちました。わたしとしては、男子生徒の励みになると判断した上での言動だったのですが、甘かったのですね。彼にはとても厳しく感じたのでしょう。女子生徒が嘘をつく理由も見当たらず、学校側は女子生徒の言を根拠に、わたしの厳しい指導が自殺の原因と正式に認定しました」

「何か割り切れないんですが。で、どうなりました」

「わたしはパワハラ教師の烙印を押され、テレビや週刊誌ではイジメ先生と叩かれました。ネット上では人殺しとまで書かれました。私学は、ことの外《ほか》、世評に敏感なものです。当然、学園は懲戒解雇となりました。教育委員会の聴聞でも一切弁明はせず、自分には教師の資格はないと言い続けたことから、厳しい判断が下され、教員免許も取り上げられました。

それだけではないんです。ご両親は懲戒解雇くらいでは承服できなかったのでしょう。弁護士と相談され、告訴されました。わたしは警察に連行され、事情聴取を受けました。結果的に、当時の法規ではわたしを裁けず、起訴はされませんでした。しかし、その間もマスコミは騒ぎ立て、あることないこと、報道され続けました。その被害は、わたしだけでなく妻や娘にまで及びました」

「ご家族まで……大変でしたねえ」

心底から、そう思ってくれているようなつぶやきであった。

「当時のことですから、今ほど人権への配慮もありませんでした。素顔を撮られ、プライバシーを暴かれ、個人情報を晒され、それはひどいものでした。わたしは家族を守るために、離婚を決意しました。妻や子どもは反対しましたが、押し切りました。それ以外、三流週刊誌やネット上での悪質な攻撃から、彼女らを救う術はないと考えたからです」

「そこまで……」

多智花の目は涙で膨れていた。

「離婚の後、妻と娘は岡山の実家に去りました。わたしはあらゆる気力が失せ、自暴自棄になりかけていましたが、食べていくために、また、妻子への仕送りもしなければならないので、新聞広告の求人欄に載っていた運送会社の面接を受けました。そこの社長はわたしの過去を知っても意に介さず、再就職を受け入れてくれました。わたしの恩人の一人です。このキャンピングカーをくれた方でもあります。

再就職をしてからも、同種の事件が起こるたび、わたしの所業も蒸し返され、執拗に当時の映像が流されました。その都度、記者の取材があるのではないかと脅え、この十年、首を竦《すく》めて、できるだけひっそりと暮らしてきました」

「は、反論はされなかったのですか。学校や警察やマスコミに対して。すべてがあの人たちの主張の通りだったのでしょうか」

「生徒は亡くなっています。その事実は変わりません。ご両親の悲嘆はどれほど大きいことか。その原因はわたしなんです。わたしの家族は別として、わたし自身が非難を受けるのは自業自得です。言い訳は一切しないと固く心に誓いました。そして、一生、自分を許してはならないとも。笑顔を見せることも自ら禁じました。ですから、人とのつき合いは、できるだけ控えめにするように心がけました。他人の人生にむやみに関わらないと決めたのです。でないと、またわたしのせいで、無辜《むこ》の被害者がでないとも限りませんからね」

「……あまりにも自分に厳しすぎるように思います。岡山のご家族ともお会いになっていないのですか」

「一度も。会いにきてはいけないと、きつく言ってもきましたから。でも、毎月、仕送りだけは欠かしたことがないのです。ですから、今回いただいたお礼はとても助かります。今月も、いつも通りの仕送りができますから。来月以降も続けるために、帰ったら早速、仕事を探さないといけません」

多智花は微動だにせず耳をそばだてていたが、何かに気づいたのか、緩やかに目を向けてきた。

「あのう、もしかしたら明日のご予定というのは……」

「いい勘ですね。お察しの通りです。明日は亡くなった生徒の祥月命日《しょうつきめいにち》なんです。毎年、欠かしたことがありません。この日ばかりは、何があっても墓前に額《ぬか》ずいて許しを乞わねばならないのです。単なる自己満足かもしれませんが」

「いいえ、きっと、浜浦さんの真心は通じていると思います」

多智花はきっぱりと言い切った。

何を根拠にそう言えるのだろうと思ったが、実のところ、浜浦は今の言葉に救われている自分を感じていた。

「ありがとう。墓前に、イチゴを供えさせていただこうと思いましてね。一パックだけ、無理をお願いしました」

多智花はうなずいて、目の端を拭った。

「すみませんねえ。せっかくの過ごしよい夜でしたのに、無粋な話で雰囲気を壊してしまいました」

「わたしが無理にお訊きしたのがいけなかったのです」

「いいえ、どうしてだか、わたしの胸の内はすっきりしました。時には、こうしてすべてを打ち明けることが大切なのでしょうね。多智花さんだからこそ、ここまで話せました。お礼を申し上げます」

暫しの沈黙が車内に訪れた。

薄い膜が張ったような静寂を破ったのは、多智花だった。

「でもね、浜浦さん。先ほど、むやみに人との関わりを持たないようにしてきたとおっしゃいましたけど、今回の旅行では、浜浦さんはきちんと他人とも関わりを持たれましたよ。それによって、その人たちの抱えていた問題を解決してこられました。瀬田川の奥さま、池永さんと幸也くん、真崎さんと亜希子さん。他にも、佐堀さんと黒河内さんだってそうですよね」

多智花の目に、いつもの活力が戻りつつあった。

「確かにね。問題を解決したかどうかは疑問ですが、今回はなぜか、深入りしないはずの対人関係に緩みが生じていたような気がします。理由は分かりません。旅に出て緊張感が薄れ、封印したはずの教師魂が首をもたげたのかもしれませんね。気をつけなければ」

薄々ながら、理由らしきものは感じていたが、口には出さなかった。

「わたしは、旅に出る前の浜浦さんをほとんど知りませんが、今の浜浦さんのほうがいいと思います」

「さあ、いただいたワインも空になりましたから、そろそろお開きにしましょうか」

無意識ながら、話題を転じようとしたのかもしれない。

「はい。ところで明日なんですが、わたしも一緒にお参りさせてくださいませんか」

多智花の目には、すでに強い光が宿っていた。何を言っても聞かない目だ。

「あなたさえよろしければ、ご同行ください」

「では、最後にジェラートで締めましょう」

多智花は冷蔵庫へジェラートを取りにいった。締めくくりに食べた冷たいジェラートは舌に強烈な刺激をもたらし、疲労で霞んだ脳を明瞭にさせた。いろいろなことがあった一日の最後に、心に秘めてきた過去を開陳することになろうとは思いもよらなかった。なぜそうなったのか。目の前で、ジェラートを口に運ぶ幸せそうな女性の存在が、重要なポイントなのではなかろうか。

バラエティに富んだ、実に多忙な一日だった。まるで物語の登場人物になったような中身の濃い時間だったが、それもいよいよ終わろうとしていた。

七

すっきりとした目覚めだった。なぜか昨日の告白は、睡眠には影響を与えなかったようだ。自宅アパートよりよく眠れるのが不可解でもある。それだけ疲れ切っていたということか。明かり取りの窓から車内に強い日射しが差し込んでいる。すでに午前八時を過ぎていた。今日の好天は、前途の明るさを保証してくれるのだろうか。

バンクベッドから降りると、いつものように多智花のコーヒーが迎えてくれた。寝る前の重苦しい雰囲気はきれいに拭《ぬぐ》われ、ダイネットの空気中に微塵も残っていなかった。多智花は屈託のない声で挨拶をしてくれ、浜浦も、昨夜を引きずらないよう声の調子を整えて返した。

サービスエリアの建物まで歩いて、放尿や洗顔をすませて戻ってくる。昨夜の残り物で朝食をすませた後、ガソリンや水の残量チェック、バッテリーメーターの確認など、出発前の点検を行う。心配だった予備バッテリーの数値も、今日中なら何とか持つレベルにある。念のためアルコールチェッカーを試したが、呼気のアルコール濃度は、当然ながらゼロであった。最後にもう一度、建物のトイレを使い、すべての出発準備が整った。

帽子を被り、午前八時四十五分、多賀サービスエリアに別れを告げる。浜浦と多智花を乗せたキャンカーは、名神高速道路下り方向の本線に合流し、一路、京都を目指した。

日曜日の朝であり、流れる車両は貨物車より乗用車が多かった。混むほどではなく、時速八十キロの順調な走行を続けることができた。

「質問してもよろしいですか」

竜王《りゅうおう》インターチェンジを過ぎた辺りで、それまで黙っていた多智花が口を開いた。多智花の弁は、教室での生徒の発言のように聞こえた。そう聞こえること自体、昨日を引きずっているのは浜浦のほうであることの現れなのではなかろうか。

「何でもどうぞ」

平静を装った声音で答えた。

「キャンピングカーでの移動の途中で、瀬田川の奥さまと池永さんに、おかしなアドバイスをされましたよね」

「そうでしたかね」

「悩んでいるお二人に、何だか、相手の嫌がることを言ってみなさい、みたいなことをおっしゃってました。それで反応をみればいいと。あれはどういう意味なんですか」

「ああ、あのことですか。あれは、昔、大学でデール・カーネギーを勉強してましてね」

「デール・カーネギーって、誰ですか？　カーネギーホールと関係がありますか」

「鉄鋼王のカーネギーとは無関係です。カーネギーは、自己啓発、対人スキルの達人ですね。対人関係に迷ったり悩みのある人に対して指針を示してくれる人です。カーネギーの『人を動かす』や『道は開ける』は、その方面の指南書として世界的なベストセラーです」

多智花はぴんときていないようだ。

「そのカーネギーとかいう偉い人が、どうしたらよいと教えているのですか」

「いや、カーネギーの教えじゃないんです。その頃、わたしは同じ寮の大切な友人と気まずくなり、お互い口も利かなくなりました。何とかしたいけど、どうしていいか分からない。相手がどう思っているのかも分からない。それで、カーネギーを教えるゼミの先生に相談したんですよ。そしたら、その先生が自ら編み出した独自の手法を伝授してくれました。

相手の意向が摑めずに困ったときは、相手の意表を突くひと言、例えば、相手が一番嫌がったり困ったりすることを相手にぶつけてみる。そうすると事態が改善すると。目の前を塞いでいたものが取り除かれ、一気に視界が開けると言われました」

「それって、本当ですか」

多智花の言葉は、厚い懐疑をまとっているようであった。

「実際、困り抜いていたわたしは、藁にもすがる思いで試してみました。『お前の足は臭い。息も臭い』そう友人にぶつけてやりました」

多智花は眉をひそめた。

「でも、それって、本当に相手の嫌がることを言うんでしょ。それこそがストレスです。しかも、相手を不快にしますし、言ったこちらも嫌な奴と思われるリスクがあります。改善どころか、逆に、これまでギリギリ保ってきた関係を完全に壊すことになるかもしれません」

「なるほど、そのお気持ちはよく分かります。でもね、お互いが相手を気遣って膠着してしまった関係の場合など、どうにかして、その状況を打ち破らないと次に進めないことがよくあります。そんな際には、役に立つ方法です」

「そうかなあ」

多智花は半信半疑どころか、二信八疑の顔をしていた。

「先生は相手の意表を突けとおっしゃった。例として、嫌がったり困ったりすることを言ってみろということでした。必ずしも嫌がることではなく、褒めまくってもいいのですが、効果という点では、嫌がることのほうが大きいようです。現にわたしの場合は、言葉をぶつけて以降、その友人と前にも増して心が通い合うようになり、以後、彼が亡くなるまで親友でした。わたしも、この手法を使ったのは人生で一回きりですが、印象として強く残っています」

多智花は顔をこちらに向け、耳を傾けているように見えた。

「相手の困ることをぶつけるのは、大変な決意が必要だと思います。先生によると、この手法では、自分にそのストレスをかけることも問題を解決する道筋の一つなんだそうです。逃げてばかりいた自分を見つめ直し、叱咤激励することになる。もちろんストレスでもありますが、自分を鼓舞することも、時には必要なんだとおっしゃってました」

「へぇえ」

声の調子から、少しは納得したのだろうか。

「わたし以外の経験者の談話でも、うまくはまると、目の前の曇りがきれいに拭い取られ、世界がパノラマのように広がるそうですよ」

「やっぱ先生ですね」

「えっ？」

つい、分別臭い言い方になってしまったのか。

「聞いてると、なるほどねと思ってしまいますもの」

褒められたのか、けなされたのか、それとも、いじられただけなのか。ちらっと見えた多智花の横顔からは、どれとも見分けられなかったが、少なくともバカにしているようではなかった。

前方に浮かぶ綿アメのような雲を見ているうちに、京都東インターチェンジの案内表示が現れた。

高速を降りて、国道一号を西進する。高速道路は空いていたが、一般道はそれなりに混雑していた。京都の市街地に近づくに連れ、走行速度は落ちていく。五条坂の交差点に至り左折して、今度は東大路を南下する。『泉涌寺道《せんにゅうじ》』の表示がある交差点まで走り、もう一度左折する。なだらかな登り坂を進み、立派な総門を潜る。この道を突き当たりまで行けば、『御寺《みてら》』と通称される大寺院泉涌寺だが、その手前にある狭い道を左に入り、三十メートルほど先の小ぶりな寺院に乗り入れた。境内にある、砂利を敷いた駐車スペースにキャンカーを止める。

十時過ぎになっていた。京都南インターチェンジで降りても、到着は同じくらいの時間だったかもしれない。クルマを降り、通ってきた道に徒歩で戻って、近くの花屋でお供えの花と線香を買う。ここで揃えるのが最近のルーティンだ。

再び境内に入る。人の姿はまばらだ。観光客が立ち寄る名刹《めいさつ》ではなく、檀家のためにある寺だ。クルマからイチゴのパックを一つ取り出し、本堂の裏手にある墓地区域へと足を向ける。途中、用具置場で箒とチリトリを借り、井戸で桶に水を汲む。多智花がそれらの運搬の半分を手伝ってくれた。

堂宇と同様に墓域も小規模で、高い木立に囲まれた中に、緩い斜面を利用して、四、五十基の墓石が並び立っていた。

こうして改めて眺めると、苔蒸したような古いものはなく、比較的新しい墓石が多い。墓地としての歴史は、案外浅いのかもしれない。

見上げれば、梢の間から明るい青空を垣間見ることができた。

細い通路を縫って、斜面の中ほどにある目的の墓地に着く。二坪ほどの区画は、周囲に比べ大きいほうだ。奥の真ん中に、立派な真鍋家先祖代々の墓石が立っている。側面に、真鍋健一《まなべけんいち》の名前と十年前の今日の日付が刻まれていた。自殺した生徒の名前と亡くなった日だ。

今日はまだ、誰もお参りに来た様子はない。墓石に水をかけて埃を流し、区画内の雑草を抜き、ざっと掃除をする。

墓前に花とイチゴを供え、線香に火をつけて立てる。かすかな風に、煙がたなびき芳香が漂う。帽子を取る。しゃがんで両手を合わせて瞑目し、暫く祈りを捧げた。終えて帽子を被り直し、横を見ると、多智花も同様に手を合わせていた。

「ありがとうございます」

真鍋健一くんのために、祈ってくれたことに感謝した。

「さあ、そろそろ行きましょうか」

「あら、お急ぎなんですね。だったら、イチゴは持ち帰らないと。食べ物のお供えは、カラスが来るから、そのまま置いて帰るのは禁止だと貼り紙がありましたよ」

「ええ。でも、例年十一時過ぎには、ご家族が来られます。イチゴはご家族に持ち帰ってもらいましょう。それまで置いとけますから」

「ご家族とはお会いにならないんですね」

「来られる前に失礼しないといけません。わたしの姿を見ると、ご両親の怒りや悲しみの感情が増すのではないですか。無用の心痛を与えるようなことは避けませんとね」

多智花はゆっくりとうなずいた。分かってくれたようだ。

水桶を返して手を洗い、箒、チリトリを置き場に戻して、本堂の前まで歩いてきた。日曜日だけに、先ほどよりは参拝客の数が増えている。

「浜浦先生ですね」

背後から声がかかった。心臓が止まりそうになった。その呼び方をされたのは何年ぶりだろう。

時間をかけて振り向くと、会うのが辛い顔見知りの二人が立っていた。真鍋健一の両親だ。呼びかけてきたのは母親のほうだった。

「ご無沙汰しております」

それだけ返し、浜浦は直視できず、すぐに帽子を脱いで頭を膝近くまで下げた。

「頭をお上げください。毎年命日に、健一の墓前にお参りいただきありがとうございます。健一も喜んでいると思います」

今度は父親が話しかけてきた。皮肉だとすれば、よく効いている。それにしても、久しぶりの出会いだが、今日の声音は穏やかに感じられた。

「こちらこそ、わたしのようなもののお参りを、お許しいただけることが大変にありがたく存じております」

浜浦は低頭したまま答えた。やはり、毎年命日の墓参は気づかれていたのだ。

「先生、少しお時間をいただけませんか。お話ししたいことがあります」

怪訝な思いで、浜浦は声の主である父親をそっと見上げた。ここで会ったのを幸い、積もり積もった恨みつらみをぶつけたいのだろうか。それならそれで、逃げてはならない。

「どのようなことでしょう。こちらは、時間は大丈夫です」

「ここでは何ですので、どこか場所を変えて」

顔つきも深刻げに引き締まり、立ち話ですませることではないようだ。

「それなら、先にお墓参りをすまされては如何ですか。健一くんもお待ちでしょう。わたしはここで待機しておりますので」

浜浦の申し出を受け、夫妻は二言、三言、小声で言葉を交わした。

「では、そうさせていただきます。少しだけお待ち願います」

真鍋夫妻は軽い会釈を残し、供え物を抱え、墓域に向かって離れていった。二人とも皺のない濃いめのスーツに身を包んでいる。父親はネクタイまで締めていた。それに比べ、浜浦は運転担当にふさわしい動きやすいラフな格好だ。例年は、もう少しましな服装なのだが、今年は瀬田川夫人を東京まで送り届けた帰り道なのでどうしようもない。本来なら、前日までに一旦帰宅して、まともな格好で来るはずだった。そのことも、浜浦を気後れさせる要因の一つであった。

「予期せぬことが起こりました」

キャンカーに向かって歩き、帽子を被りながら、多智花に言った。

「今回の旅は、予期せぬことの繰り返しですけど」

多智花は何の表情も作らず答えた。

「そういえばそうですね。でも、これが最後です。どうしますか。お分かりと思いますが、この後、真鍋さんご夫妻と話し合いがあります。おそらく、時間がかかるんじゃないかな」

「浜浦さんに、何の話があるんでしょうか」

「さあ、どうですかね。溜まっていた鬱憤がおありなのかもしれませんね」

冷静に言いながらも、浜浦の胸中は波立っていた。彼らが例年より早い時間に墓参りすることにしたのは、浜浦と話をするためではないか。

「十年たってます。まだ、浜浦さんを恨んでるんですか」

「息子さんを亡くされた。それはあまりにも大きな悲しみです。十年やそこらで、消え去るようなものではありませんよ。ご夫妻はわたしを刑事告訴されたんです。だけど、わたしは不起訴になった。わたしの教育上の指導が、刑法に抵触するものとは判定できなかったんでしょう。でも、ご両親は悔しかったろうと想像できます。それを思うと、起訴され有罪になったほうがよかったと思うときもあります」

多智花は唇を強く噛んでいた。彼女なりに思うところがあるのだろう。

「終わるまで、待ってます。できれば、同席させていただけませんか」

「きっとあなたまで不快な思いをされますよ。お勧めできませんね」

「それでも、その場にいたいんです」

多智花は、鉄をも貫くような眼光を向けてきた。睨み合いが数秒続き、浜浦のほうから目を逸らした。

「そうですか。余計な口出しはしないこと。これを守っていただけるなら、ご夫妻にお願いしてみますが」

「お約束します。ありがとうございます」

多智花は厳しい顔を崩さず礼をした。

レースのような雲が上空に広がり、日射しが柔らかくなっている。

キャンピングカーの陰に立って待つこと二十分。夫妻が墓域から戻ってきた。

「お待たせしました」

「イチゴをお供えいただいたのですね。健一の大好物でした。ありがとうございます」

父親の後、被せるように母親が声を発した。すでに目が潤んでいる。

「いえ、たまたま入手いたしましたもので」

浜浦はあくまで控え目に徹した。

「どこかでお話を。本堂の隅でもお借りできるようお願いしてきます」

父親は辺りを見回した。本堂以外、適当な場所もない寺だ。

「でしたら、このキャンピングカーをお使いになればよろしいのではありませんか」

多智花が即座に提案した。いつもながら、時宜を得た発言だ。ただ、真鍋夫妻がどう思うかだ。

「このクルマは先生の持ち物でしたか」

「ええ、最近思わぬことで手に入りました。事情があり一時的に使ってますが、すぐに手放す予定です。こんなところでよかったら、どうぞご自由に」

浜浦はドアを開け、中が見えるように身を引いた。

両親はドアから中を覗き、うなずき合った。

「ここなら、落ち着いてお話ができますね。では、ここをお借りできますか」

特に夫妻に異論はなさそうなので、浜浦は安堵した。

「喜んで。ところで、彼女を紹介しておきます。多智花さんという方で、わたしと一緒に、このクルマで介護が必要な老婦人を東京まで送り届ける役割を担ってくれました。今日はその帰り道なんですが、無理を言って寄り道し、お墓参りにつき合ってもらいました」

「多智花です。浜浦さんの仕事上のパートナーで、介護の担当です」

多智花は、仕事上の、を強調して言った。変な誤解をされないよう、あくまでビジネスパートナーにすぎないと理解してもらうためだろう。瀬田川夫人を送ったのは、厳密には仕事ではないのだが、お礼をいただいたことでもあり、話がややこしくなるので詳細は省略することにした。

二人をテーブル席の運転席側に並んで座らせ、浜浦はその向かい側に腰を下ろした。多智花はコーヒーの準備をしている。

普通なら、キャンピングカーに乗った人は珍しそうな目を周囲に向けるものだが、真鍋夫妻はうつむいたままだった。

「多智花さんには、ここへ来る道中で、十年前のことをお話ししております。ですから、この場に同席することをお許し願えませんか」

「先生のクルマです。先生さえよろしければ、わたしどもはかまいません」

わずかに顎を上げて、父親が了承してくれた。

「ありがとうございます」

浜浦の言葉に合わせて、奥の多智花も頭を下げたようだ。

重苦しい緊張感の漂う沈黙の時間が訪れた。話があるはずの両親は、言うべきことをためらっているのか、苦しそうにさえ見えた。余程、言いにくいことを胸中に抱いているのだろうか。

浜浦は改めて臍《ほぞ》を固めた。どんなことを言われても、たとえ罵倒され罵詈雑言を浴びせられても、真摯に受け答えしようと。逃げずにご両親の悲痛な叫びをしっかり受け止めようと。

「先生！」

ついに、父親が沈黙の帳《とばり》を破り、切羽詰まった声を出した。

「真鍋さん、その先生というのをおやめいただけませんか。わたしに、その呼び名はふさわしくありません」

浜浦はやんわりとお願いをした。あまりに張り詰めた場を和ませる意味もあった。

「いえ、そうはいきません。先生は先生なんです」

父親は聞く耳を持っていなかった。が、再び言葉が途切れた。

久しく会っていなかったが、父親の髪は五十代の後半にふさわしく白く染まり、端正で四角い実直そうな顔にも深い皺が増えていた。もともと美形の母親は、会うたびいつも儚げな風情を見せていたが、今日は少し様子が違った。目の奥に強い意志が感じられる。心に期するところがあるのではなかろうか。

再び膠着しそうな場面であったが、ちょうどよいタイミングで、多智花が湯気の立つコーヒーを持ってきてくれた。

「さあ、どうぞ」

浜浦の勧めで、両親とも紙コップに手を伸ばした。

多智花は、自分の紙コップを手にベンチシートに座った。

浜浦も、熱い飲み物を口に含み、喉に流し込んだ。食道が温かくなると、車内の雰囲気は少し和らいだように感じた。

「実は、先生にご報告することがあります」

少し落ち着いたのか、紙コップを置いた父親が穏やかな声調で話を始めた。

「お伺いいたします」

浜浦は、一旦目線を下げた後、心持ち背筋を伸ばした。

「息子が死んで十年になります。一つの区切りでもあると思い、家内と二人で、健一の部屋を片づけようと決めました。それまで、手をつけることができず、死んだときのまま置いていたのです。先週のことです。家内が健一の机の奥から、ノートに挟まれた健一の書き置きのようなものを見つけました」

それは遺書なのか。遺書はないと聞いていた。そこを問い質《ただ》したかったが、浜浦は質問を飲み込み、口を差し挟まなかった。

「書き置きには、わたしどもが知らない事実が書き連ねてありました」

父親は喉の乾きを潤したいのか、再びコーヒーを口に運んだ。何が書かれていたのか、気になるが待つしかなかった。

「そこに書かれていたことを先生にお伝えしようとしたのですが、どうしても連絡が取れず、やむを得ず、本日、いつもより早めにここに来て、お待ちすることにしたのです」

そこまでは承知したことを、浜浦は大きくうなずいて示した。

「息子が……健一が死んだのは、先生に厳しく叱られた訳ではありませんでした」

「ど、どういうことでしょうか」

脳内に混乱が走った。衝撃的な話の内容であったが、どういう意味なのか、すぐに理解はできなかった。

「書き置きには、むしろ浜浦先生への感謝の言葉が綴られていました。自分のことを親身になって心配し忠告してくれる、先生にはどんなに感謝してもし尽くせないと」

父親の横で、母親が鼻をすすり上げた。

「でしたら、なぜ健一くんは自らの命を絶ったのでしょうか」

意を決したように、父親が浜浦の顔を直視した。辛そうな目に意志の炎が宿っていた。

「失恋でした」

「何ですって！」

「先生は、渋内美貴《しぶうちみき》という健一の同級生を覚えておられますか」

「もちろんです。健一くんの最後の心情を伝えてくれた彼女ですね。健一くんと同様、わたしのクラスの生徒でした」

「ええ、先生の指導が厳しくて、それを苦に健一が死んだと言ってきたあの女生徒です」

「そうですね。彼女が何か……」

「健一は、その渋内という生徒に告白し振られました。亡くなる二日前のことでした。それが理由で、世を儚み死を選んだのです」

母親が嗚咽を上げた。

「そのことが書き残されていたのですね」

「そうです。わたしどもはショックを受けました。これまでは、厳しい指導で息子を死に追いやった先生を恨んでいました。でも、それがいっぺんに覆されたのです。何ということか。嗚呼《ああ》」

何とも形容できない表情と涙まみれの叫びで、父親は溜まっていた感情を吐き出した。

「お気持ちは想像に難くないのですが、今一度、事実関係をご確認されたほうがよろしいのではないかと」

冷静にと心に言い聞かせ、浜浦は目の前で周章《しゅうしょう》気味の父親を宥《なだ》めようとした。十年前とはいえ、今どきの高校生が振られたくらいで自殺するものだろうか。

「いたしました。以前に聞いていた渋内さんの携帯に連絡し、会って話をしました。渋内さんは、現在、ＬＣＣの航空会社に勤務されています」

「告白のことは事実でしたか」

「彼女はなかなか認めませんでした。しかし、われわれは根気よく彼女の心をほぐし、真実を知りたいだけで決して迷惑はかけないと約束して、本当のことを語るようにお願いしました。その甲斐あって、ついに、彼女は書き置きに書いてある告白のことは間違いないと認めてくれました。別に好きな人がいるから、健一とはつき合えないと言ったそうです。そして、おそらくそれが直接の原因となって、健一は自殺を選んだのだろうとも」

父親が話す言葉の意味は頭に入るのだが、脳の回転がついていかない。書き置きが事実であるということは、どういうことなのか。順を追うしかない。

「彼女はあの時、なぜ、そんな……嘘をついたのでしょう」

「それも教えてくれました。自分が交際を断ったこと、それが自殺の原因になったと思いたくなかった。また、周りにも、そう思われたくなかったからだそうです」

「だから、わたしに注意されたことを理由にしようとした、と」

「その通りです。先生の個別指導を受けたことは、健一から聞いていたそうです。でも、厳しいとはひと言も聞いていなかった。さすがに、最後は泣き崩れていました。先生には大変申し訳ないことをしたと」

思いは千々に乱れたが、一度深呼吸をして、混乱した思考の中で前方を探り、狭い進路を見つけた。

「健一くんは、失恋で自殺するような、そういう……男の子でしたか」

「そっちの方面は奥手で、恋愛などに免疫はなかったと思います。それまで失恋の経験もなかったのでしょう。書き置きには、初めてここまで好きになったと書かれていました。よっぽど好きになり、告白し、そして振られた。その痛撃に健一は耐え切れなかったのです」

成績が下がったのは、渋内を恋しく思うあまり、勉強が手につかなくなったせいなのか。担任として、そこまで気づいてやれなかった。今さらではあるが、強い後悔の念が湧き起こる。

浜浦は暫し悔恨を噛みしめた後、気を取り直した。

「当時、遺書はないと聞かされていました。その書き置きは健一くんの遺書と呼べるものなんでしょうか」

それがもっと早く見つかっていれば、生徒の自殺の原因が明らかになり、周辺への影響を含め事態は大きく変わっていただろう。

父親は内ポケットから折り畳んだ一枚の紙片を広げてテーブルに置き、浜浦の前に滑らせた。

浜浦は手に取り、貪るように目を通した。己の恋情を飾らずに書いた、紛れもない真鍋健一の手による絶筆だった。読み進むに連れ、思わず胸が熱くなる。

それによると、健一くんは、二年生になって渋内と同じクラスになり恋心に火がついた。勉強が手につかず、成績が落ちてくる。浜浦と話し合いの場を持ったのが金曜日。告白が日曜日。そして、すべてに絶望し、自殺したのが、二日後の火曜日だった。

読み終えて、浜浦は暫時《ざんじ》、瞑目《めいもく》した。あまりにも痛ましく、言葉にならない。心を落ち着かせ気持ちを整えてから、浜浦は紙片を父親の前に戻した。

「ご覧の通り、事実上の遺書でした。わたしどもは、遺書とは、封筒に入れて表に『遺書』と書かれたものと思い込んで、そればかりを探していました。この書き置きは、健一の机の引き出しの一番奥に仕舞われたノートに挟んでありました。当時は見逃してしまいました。それで、先生には大変なご迷惑をおかけすることになりました。弁解の余地もありません」

「わたしが悪うございました」

夫の横で、妻が涙声で叫んだ。

「わたしが、健一の部屋はそのままにして、机にも触らないで、と頼んだんです。一ミリも動かさないで、と。健一の思い出が薄くなるのが嫌だったんです。そのせいで、発見が遅れました。健一が伝えかったことを知るまで、十年もかかりました。健一にも、先生にも、とても申し訳ないことをいたしました」

涙が頬を伝い、テーブルにボタボタと落ちていた。

「先生には、何度も謝っていただきました。だけど、自殺の原因は先生ではなかった。先生には何の罪もなかったんです。先生への誹謗中傷は根も葉もないことでした。本当に、どう謝罪したらよいのか、この通りです」

父親は額をテーブルにつけ、同様に母親も叩頭《こうとう》した。

「ひどい。ひどすぎます。それはないですよ」

声を上げたのは多智花だった。浜浦がそちらを見ると、多智花は今にも泣き出しそうな面持ちを見せていた。浜浦は、何も言うなとわずかに首を振って見せた。が、多智花は聞き入れず、続けた。

「この十年、浜浦さんがどんな思いで過ごしてこられたかご存じですか。あなた方ご両親からも、学園からも、また、世間からも、極悪人のように激しく非難されて、ひと言の弁解も許されず、ひたすら謝り続けてこられました。ご自身を決して許さず、亡くなった健一さんとご両親に許しを乞う、贖罪だけの十年だったんですよ」

「多智花さん！　そんなことはいいですから」

「いいえ、言わせてください。パワハラ教師としてマスコミからも執拗に追われ、家族への被害を最小限に食い止めるため、不本意ながら離婚までして縁を切られました。何も悪いことをしてないのに」

「もうやめましょう、多智花さん」

きつい調子で多智花をたしなめた。それで、多智花の発言はやっと中断した。

真鍋夫妻は顔を上げられず、うなだれたままだ。浜浦が離婚したことを知らなかったのか、多智花がそこに触れたとき、妻の肩がぴくんと動いた。

「健一くんは、わたしが担任をしていたときに、自らこの世と決別しました。その事実は重い。担任として、全く責任がないとは言い切れないのですよ。息子さんを亡くされたご両親にとっては、その苦しみはわたしなどとは比べようがないほど、大きく辛いものです。わたしはマスコミや世間のバッシングから家族を救うために離婚しましたが、妻も娘も生きております。会えないけれど、生きていてくれることがどれほどありがたいことか。そのことを、いつも真鍋さんには申し訳なく思っておりました」

「そう思うことだって、結果的に見当違いじゃないですか。浜浦さんには、落ち度がなかったんですから。何でご家族まで、そんなひどい目に遭わないといけなかったんですか」

多智花は、食ってかかるように浜浦に向かって言葉をぶつけてきた。

「いや、だからそれは……」

辟易しながらも、浜浦が答えようとすると、父親が割って入った。

「この方のご指摘は正当です。わたしどもが渋内さんの言葉を盲信して疑わず、安易に怒りの矛先を先生に向けてしまいました。それが、そもそもの間違いでした。健一が書き残したものがないか、もっと探すべきでした」

「本当にすみませんでした」

母親も苦しそうに涙顔を歪めた。

「どうか、頭をお上げください。しんどかったのはわたしだけではありません。中でも、この十年、一番辛い思いをされたのは間違いなくおふたりです。事情は分かりました。よくお伝えくださいました。お陰で、わたしの心は幾分すっきりしました。それで、健一くんが帰ってくる訳ではありませんが、毎年のお墓参りでお祈りの内容が変わってくるかもしれません」

「先生にそう言っていただけると、わたしどもも救われます。ただ、責任を痛感したもので、実は昨日、学園に行って参りました。本当は先生にお伝えしてからと思っていたのですが、気が急いて、先に動いてしまいました」

「学園にですか。どういうことでしょう」

「事前に連絡していたので、土曜日にもかかわらず、学園長以下、主だった先生方が出席してくださいました」

「学園長もですか。で、何をお話しになったのですか」

学園長は十年前と同じ人物のはずだ。懲戒解雇を言い渡す際の苦渋の面貌が記憶にしっかりと残っている。

「無論、浜浦先生の潔白を証明して、汚名を雪《すす》ぐことについてです」

父親の話はまだ終わっていなかったのだ。今日、浜浦と会う前に、できるだけのことをしておきたかったのだろう。そこに赤心《せきしん》が感じられた。

「それはどうも……」

もっと気の利いた返答をしたかったが、適切な言辞が浮かんでこなかった。

「わたしと家内は、健一の書き置きを見つけた経緯から話し、書き置きの現物も見せました。その上で、渋内さんとも会って書き置きの内容が事実であると確認できたことも報告いたしました」

「ほほう。学園側の反応は如何でしたか。困ったのではないですか」

十年も前の事件を蒸し返されて、愉快な人間はいないだろう。

「出席された先生方の驚きは大変なものでした。頭を振りながら、今さらという意見が一つ二つ出かけたところで、学園長が厳《いか》めしい声で他の先生方を制しました。そして、『われわれは教育に携わるものです。間違いを指摘されたら、どうすべきですか。過ちて改めざる、これを過ちという。十年前のわれわれの判断は間違っていたと証明されました。であれば、すぐさま、改めるべきです』と、おっしゃいました」

学園長の顔が頭に浮かび、浜浦の目頭は熱くなっていた。

「それで……どうなりましたか」

「その後、議論を重ね、学園長のおっしゃった方向で意見がまとまりました。事実関係を精査した上で間違いがなければ、まず、浜浦先生の懲戒解雇の取り消しを早急に進める。次に、教育委員会への報告と教員免許状の復活に必要な諸手続きを行う。その上で、先生のご意向を確認し、復職か退職かを決めていただくとのことでした。もし、退職を選ばれた場合は、この十年も勤務したものとして、退職金を支払う旨も合意されました」

驚嘆すべき進展具合だった。まさかの完全復権ではないか。現実のものとなるなら、こんなにありがたいことはない。ただ、一つ懸念もある。

「そこまで決めていただけたのですか。真鍋さんご夫妻のご尽力の賜物ですね。感謝の限りです。でも、わたしへの嫌疑が晴れた、いや、誤解が解けたとして、今度は渋内さんに非難の刃が突きつけられるのではないでしょうか。それを危惧いたします。そんな事態は、ぜひとも避けていただきたい。彼女に迷惑はかけないと約束されたんですよね。でしたら、決して、彼女のことが公にならないよう心よりお願いいたします」

「なるほど、そうでした」

父親は重々しくうなずいた。

「当時、未成年だった彼女の行動を、十年もたってから大の大人が糾弾するようなことは、教育現場に身を置く方たちが取ってはならない選択だと思います」

「おっしゃる通りですね。さすがは浜浦先生だ。教え子のことをいつまでも守ろうとなさる。健一が感謝していたことが腑に落ちます。そのことは、早速、学園長に電話を入れておきます」

「よろしくお願いいたします。もし、渋内さんのことを伏せたままでは、わたしの復権が叶わないということなら、それはそれで結構です」

格好をつけている訳ではない。単純に、浜浦が味わったおぞましい経験を渋内にさせたくなかっただけだ。

「わたしがそうはさせません。必ずや先生の名誉挽回は成就させます。それが罪滅ぼしというものでしょう。責任を持って当たります」

父親は、自分の使命であるかのように力強く言い切った。

浜浦は素直にお礼を述べ、父親の心意気に応じた。

「今日、お話しすべきことは以上です。やっと、肩の荷が下りました。どうお話ししたらよいのか、ずっと迷って悩んでおりました」

そう言いながら、父親は大息を吐いた。憑き物が落ちたように、真鍋健一の父親の顔は、やつれてはいたが晴れやかに澄んで見えた。

「お察しいたします。お疲れさまでした」

意識して温容を作り、浜浦は父親を心から労った。

父親はテーブルの紙コップを取り、おそらく冷めてしまったコーヒーをうまそうにすすった。

会談は終わりのときを迎えた。浜浦の今後の身の振り方などは、学園からの正式な連絡を待って、それから考えることにした。その旨を両親に伝えて、今日はここまでとした。

「お帰りになるのでしたら、どちらかまでお送りいたしましょうか」

「ありがたいお申し出ではありますが、これから法事の件でご住職と相談事があります。今日のところはこれにて」

クルマを降りて、双方、別れを惜しむように、いつまでも感謝の言葉を口にし合った。多智花も、口出しが過ぎたことを夫妻に謝っていた。

真鍋夫妻は肩を並べ、寺務所のある庫裡《くり》の方向へ去っていった。その背中を、頭上からの柔らかな日射しが照らしていた。

両親の姿が見えなくなるまで、浜浦と多智花は黙って見送っていた。

「ものすごい結末が待っていましたね。テレビドラマのミステリーみたいです」

多智花がそう言ったのは、二人の後ろ姿が庫裡に消えてから三十秒ほどもたってからだ。おどけた口調だったが、浜浦が顔を向けると、泣き出すのを必死で堪えているように見えた。多智花の頭の中でも、いろいろな想念が巡っているのだろう。

「わたしにとっては、想像もつかないどんでん返しが起こりました。まだ、信じられませんよ」

「嘘のような逆転劇でしたね。でも、本当によかった、浜浦さんの無実が判明して。部外者のわたしまでうれしいです」

感情に支配された多智花の声は、震えを帯びていた。

「ありがとう。一緒に聞いていただいて頼もしかったですよ。実のところ、一人で対峙するのは心細かったですからね」

「約束を破って、余計な口出しをしてしまいました。本当にすみません」

多智花は神妙に頭を垂れた。

「わたしにはとても言えないことでした。結果的には……そうですね。よかったんじゃないですか」

多智花の顔に、菫《すみれ》のような笑みが生じた。

「キャンピングカーがあってよかったですね。あんなシビアな話、どこでもできる訳じゃありませんから」

クルマに目をやり、多智花が話を変えた。

「同感です。本堂を借りてやっていたら、他人の目もあり、どうなっていたことやら。少なくとも、わたしのような煩悩で凝り固まった人間のことで、仏様の耳を汚すよりはよかったでしょう」

すぐ横で白いキャンピングカーが存在感を示していた。ここ数日、様々な用途で散々酷使をしたように思う。淡い光を反射し雄姿を誇っているキャンカーが、頼りがいのある相棒に見えた。

「実際のところ、どうされるんですか、今後のことは」

「まだ、どうなるか分からないでしょう。本当に汚名返上が叶うものかどうか」

「真鍋さんが請け負っておられましたよ」

「ありがたいことです。妻や娘のためにも、できればそうあってほしいです。でも、前途は多難でしょう。真鍋さんに、無理をさせすぎてもいけませんしね。無理をすると弊害も出る。特に、渋内さんのこともありますから」

「思いやりのある先生ですね。やっぱり復職して、教職に戻るのが一番いいんじゃないですか」

「十年のブランクは大きいですよ。先走るのはいけませんが、もしも復権できたとしても、わたしの中では教師に戻ることはないんだろうと感じております」

「ええっ！　そうなんですか」

多智花が意外そうな声を上げたが、どこか安心したようにも聞こえた。

「担任していたクラスの生徒が自殺したことは事実なんです。わたしは食い止めることができなかった。そんな人間が教師を続けていいのか。このことは重荷として、一生背負っていくものでしょう。それに、ご遺族だけでなく、学園にも大変な迷惑をかけましたからね。何事もなかったように、教師に戻るというのは虫がよすぎる話でしょう」

少し頑なかなとも思った。どの教師にも求められることではないだろう。だが、浜浦はこの十年の心の拠り所・気構えを即座に掌返しはできなかった。

「相変わらず、ご自分にお厳しいですこと」

多智花は冗談めかした言い方をして、舌をちょろっと出した。その少女っぽいところにキュートな面が覗いた。

「岡山の奥さんとは復縁されるんですか」

何気ない質問に聞こえたが、浜浦には轟《とどろ》くほど響いた。

「まだ、そこまで考えてませんね。相手の意向もあることですから」

妻と娘にとっては、やっと手に入れた、今の平穏な生活が大切かもしれない。こちらだけの都合を強要してはなるまい。今後、避けては通れない大きな問題ではあるが。

「すみません。立ち入ったことをお訊きして」

「いえいえ、さあ、そろそろ帰りましょうか」

二人してキャンカーに乗り込んだ。境内には、紛れ込んだ観光客を含め、数組の人たちがそぞろ歩きをしている。

カーナビを入れようとして、もはや迷うことなく甲子園球場を目的地とした。ガソリンも何とか持ちそうだ。この貴重なパートナーがいなかったら、この旅はどうなっていたことか。それを思うと、最後まで、できるだけのことをするのが当たり前だった。

寺を出て、東大路泉涌寺道の交差点に向かう。京都南インターチェンジから再び名神高速に乗るルートだ。

八

東大路を道なりに進み、九条通りに入って、京阪国道との交差点を左折する。そのまま南下すれば、京都南インターチェンジに至る。

五月後半、梅雨前の晴れた日曜日とあれば、京都の一般道はクルマで埋まる。観光目的のバスや乗用車が大挙押し寄せるからだ。浜浦のキャンカーは、市街地から抜け出す方向に進行したので、まだ逆方向よりはましだったが、それでも時間をかけてやっと名神高速の入口に到着できた。正午に近くなっていた。

「もし、学園に戻られないのなら、どうされるおつもりですか。お仕事は必要なんですよね」

多智花が久方ぶりに口を開いた。高速道路も混雑しており、のろのろとした流れに乗り入れたばかりだった。

「もちろん仕事はしないといけません。蓄えはありませんから。ハローワークにでも行くしかないですね」

「だったら、こんなのはどうですか」

「名案が浮かびましたか。でも、職探しをしているのは、還暦で手に職もない男ですよ」

「大丈夫です。そんな人に打ってつけのお仕事を思いつきました」

「ほう。それはありがたい。どんな仕事ですか。選り好みはしませんよ」

「それはですね、このキャンピングカーを使って、困っている人を送迎する仕事です。バスや鉄道での移動が難しい方々を対象に、空間移動のお手伝いをするんです。喜ばれて、しかもお金儲けにもなる」

得意げに言い放ち、多智花はこほんと咳をした。

「いいところに目をつけましたね。キャンピングカーを使った介護タクシーのようなものでしょうか。新しいジャンルかもしれません」

「でしょ」

「残念ですが、わたしにはできません」

「えっ、どうして?」

切れ長の目をこちらに向けてきた。

「個人タクシーのようなものとなると、道路運送法による地方運輸局の許可が必要です」

「許可を取ればいいじゃないですか」

「許可の条件に、経験年数があります。五年とか十年のタクシー乗務の経験などが必要なんです。今からでは間に合いません。それに、旅客運送では必須の二種免許も持ってませんしね」

「そうなんですね。じゃ、無理かあ。いいアイデアだと思ったんだけどなあ。だったら、うーんと、移動カフェとか、どこでも応接室ですかねえ」

どうしてもこのキャンカーを使って仕事をさせたいらしい。

「なかなか楽しそうな案ですが、お腹が空いて、よく考えられません。この先の休憩施設で昼食にしませんか」

「賛成！」

すぐに元気のよい声が返ってきた。タイミングよく、目の前に桂川《かつらがわ》パーキングエリアへの進入口が現れた。

駐車場はほぼ満車状態だったが、端っこに空いているスペースを見つけ止めることができた。二人で建物まで歩き、まず溜まっていた膀胱を楽にしてやる。

この旅最後となる食事は、まともにレストランかフードコートで食べようと隣の建物へ移動すると、間が悪いことに、レストランはなく、スナックコーナーとフードコートは一部改修工事の影響で大混雑していた。仕方がないので、ショッピングコーナーで食べ物と飲み物を漁る。生八つ橋や宇治抹茶入り饅頭など京都のお土産物が目についた。

「また、ここでの食事になってしまいました」

クルマに戻り、ダイネットのテーブルに食料と飲料を置き、それぞれ所定の場所に座る。

「わたしは、この場所で食べるのが一番落ち着きますけど」

鯖寿司の包装を開けながら、多智花が満足げな微笑みを送ってきた。

「何度もこのクルマの中で食事をしましたが、いよいよこれが『最後の晩餐』ならぬ『最後の午餐』、いや『最後の車餐』でしょうか」

浜浦は、言いながら自分の言葉に何かしら感慨を覚えた。向かい側の多智花も、わずかに複雑な表情を見せた。

他愛もないことを喋りながら、食事が進んでいく。鯖寿司は脂の乗り具合から酢飯の味付けまで絶品で、思わず歓喜の声をあげそうになった。

テーブルに置いていた多智花のスマホが鳴り、電話の着信を告げている。

「あら、瀬田川の奥さまからです」

画面の表示を見てから、スマホを耳に当てた。

「ええっ、そうなんですか」

大仰な声を上げたが、悪い話ではなさそうだ。浜浦は残った食事に専念しようとした。

「はい、ちょっと訊いてみます。ええ、まだ帰り道なんです」

多智花は、この二、三日の出来事を掻い摘んで送話口に送り込んだ。それから、目線を浜浦に向けた。

「浜浦さん、奥さまが一旦、川西の自宅に帰りたいんだけど、迎えにきてもらえないかとおっしゃってます」

息子一家との同居が早くも困難になったのか。

「違いますよ、浜浦さん。奥さまは長期的な同居のために、一回帰って、必要な物を取ってきたいんだそうです。単身赴任とか下宿に住む程度の小さな引越しをしたいんだって」

顔色を読んだのか、多智花が瀬田川夫人の真意を伝えてくれた。

「それなら、お手伝いしない訳にはいけませんね。いつ頃がご希望ですか」

「早ければ早いほうがよいらしいです」

「でしたら、そうですね……」

頭を働かせて段取りを想定する。今日、日曜に帰宅して、少し体を休めてから、シーツやタオルの洗濯などをすます。月曜にクルマをガソリンスタンドの牧田に見てもらう。早くても出発は火曜だから、田園調布には翌水曜の朝に迎えにいくのが最短だろう。

「今週の水曜以降なら、クルマの整備もすませて、お迎えに行けると思いますよ」

「それなら、わたしも大丈夫です。じゃ、お伝えしますよ」

多智花も同行のつもりらしい。浜浦にとっても、そのほうがありがたくはあるのだが。

電話を切って、多智花が意味ありげに浜浦を見た。

「どうやら、浜浦さんのあの無謀な提案を実行されたみたいですね」

「おや、そうでしたか」

「詳しいことは会ったときにお話しされるそうですが、浜浦さんに感謝されてましたよ。うまくいったのかも。一応、水曜の朝にお迎えに行くと仮決めしておきました。詳細はこれから詰めていくことにしました」

勤め先が消滅したはずなのに、結構慌ただしい。

「分かりました。火曜の出発になりますから、多智花さんも、そのつもりでお願いします。そうだ。これはあくまで善意のお手伝いですから、報酬をいただくのは控えましょうね」

一回きりならともかく、こんなことでも反復継続してやっていると、業と見なされ、いろいろな法律に抵触する恐れがある。

「もちろん、報酬なんていただきませんよ。仕事じゃないんですから。でも、実費を賄う程度の常識的なお礼ならいいんですよね」

「まあ、そうですが……」

「後はわたしにお任せください」

多智花は、反論を許さないかのように昼食を再開した。

昼食を終え、クルマを再始動させる。パーキングエリアを出て本線に合流し、走っているクルマの流れと一体となった。

時速五十キロのスピードで、神戸方面に向かって進んでいく。大山崎ジャンクションを過ぎ、天王山トンネルを潜って、高槻ジャンクションまで走ると、かなりのクルマが新名神の方向へ分かれていった。自然と速度が上がる。

瀬田川夫人の話を多智花から聞いて、思いついたことがある。引越しのキーワードからの発想だ。荷物の運送に関する法律については、表面的な知識しか持ち合わせていないが、このキャンピングカーの活用策として、特殊な貨物の運送事業ならあり得るのではないか。もちろん、貨物運送業の許可は必要だろうが、旅客運送ほどの厳しいハードルではないように思う。

例えば、貴重品だとか、大切にしている物などの運搬は、通常の引越しでは引き受けてくれないことが多い。ペットも同じだ。そういうものの専門運送業を、このキャンカーを使ってやれないだろうか。運ぶ荷物の性質によっては、人が側について監視していないといけない物もあるだろう。荷物の監視が必要な場合は、監視要員も合わせて運べるはずだ。そんな場合、このクルマなら比較的容易に対応が可能となる。幸也くんのスマッシュのような大型犬を運ぶこともできるし、それなりに需要はありそうだ。キャンピングカーの特性を活かした運送業というのは、今後の狙い目ではないだろうか。

確か、貨物運送業の許可条件は、車両が五台以上だったはずだ。人も金もいるので、すぐにできる訳ではないが、松河運送の仲間を集めて、何とか実現できないものか。頭でそんな空想をしながら、無意識に近い状態で運転していた。

「次、左じゃないですか」

多智花の声に耳が反応し、我に返った。辺りを窺うと、いつの間にか吹田ジャンクション近くに至っており、中国道方面への案内表示がすぐそこに出ていた。川西の自宅へ直行するなら、中国道の豊中インターチェンジが最寄りなので、多智花が注意喚起をしてくれたのだ。

「このまま西宮へ行きます」

「えっ、どうしてですか」

「多智花さんを送ってから帰ります。お世話になりましたからね。イチゴや野菜も渡さないといけませんし」

「いいんですか、本当に。帰りが遅くなりますよ。お世話になったのはわたしのほうなのに」

なぜか声に湿り気が混じっている。

「浜浦さん、わたしね」

スマホの着信音が多智花の言葉を遮った。

「あれ、黒河内さんから電話です。はい、多智花です」

黒河内と多智花の通話でのやり取りが続く。

走行車両の何割かが中国道に流れ、その分、名神高速の交通量が減って急に周囲のスピードが上がった。当面、意識を運転に集中することにした。

年を取ると、二つのことを同時に行うことが難しくなる。それもあり、断片的に耳に入る多智花の受け答えから、通話内容を推し量ることはできなかった。ただ、黒河内が何かを依頼しているようには感じた。

名神豊中インターチェンジを過ぎた辺りで、多智花は電話を切った。一定速度の走行が続き、運転も安定してきた。

「何かの依頼ですか」

「ええ、その前に、会社にイチゴを持っていったら、想像以上に喜ばれたらしいです。黒河内さん自身も、これまで会社で感じたことのない、すごくいい気分になれたそうですよ。浜浦さんにお礼を言っておいてほしいとのことでした」

「ほほう。それはよかったですね。自らを変える端緒になってくれればいいのですが」

後半は独り言のように小声でつぶやいた。

「それで、本題なんですが、アロワナってご存じですか」

思わぬ質問にいささか驚いたが、記憶にある単語だった。

「体長が一メートルにもなる大型の熱帯魚ですよね。アロワナがどうかしましたか」

「運んでほしいんだそうです。名古屋から東京まで。このキャンピングカーで浜浦さんとわたしに」

唐突な依頼に驚いたが、まさにそういう仕事ができればいいと先ほどは考えていた。

「どうしたことでしょうね。あの方は、それがわたしたちの仕事だと誤解しているのでしょうか」

「困りに困った末に、わたしたちを思い出したとは言ってましたが。

東京にいる父親から、名古屋の友人宅で飼われているアロワナを運んできてくれと連絡があった。何でも特別な種類のアロワナで、前から譲ってくれと申し入れしていたところ、やっと友人がその気になってくれたとか。だから、機を逃さず、できるだけ早く手に入れて東京まで運搬するよう言いつけられたんだそうです」

「なるほどね。大方の事情は分かりました。で、どのくらいのアロワナかお訊きになりましたか」

「ええ、それが、まだ六十センチ程度なんですが、運搬用の水槽に水を必要最小限入れても、総重量が数十キロになるらしいです」

「やっぱりね。水温管理や酸素補給で電源も欠かせない。彼のマセラティでは到底無理。その点、このクルマなら条件がすべて整っていると思い当たった」

「すばらしいですね、浜浦さん。その通りです」

「あの人には恩義がありますから、無下に断ることはできませんね。しかも、助けてほしいということなら、お手伝いすることを前向きに考えてもいいかもしれません。多智花さんはどうですか」

「わたしも大丈夫です。こんなのはどうでしょう。どうせ、瀬田川の奥さまを迎えに東京へ行くんですから、その行く道に名古屋へ寄って、そのアロワナとやらを受け取り東京まで運ぶ。そうすれば、効率的です」

「ほほう。いい案ですが、その日程で黒河内さんもよろしいのでしょうか」

「ええ、今の予定では火曜日ですよね。それなら、大変、ありがたいらしいです」

「じゃ、そうしましょうか」

次々といろいろな予定が定まっていく。何かの歯車が回り始めたのだろうか。あまり過密なスケジュールになると、年齢的に不安はつきまとうのだが。

「一つお伝えしておかねばならないことが……」

多智花の言葉に躊躇が感じられた。

「どうぞ、ご遠慮なく」

気軽に話せるよう、浜浦は穏和な声で促した。

「アロワナの搬送にはとても気を遣うんだそうです。環境変化に注意が必要だそうで。それで、水槽と一緒に監視する人間を一人同乗させてほしいと」

「ははん。黒河内さんも乗られるのですね」

「そうなんです。厚かましいでしょ。どうします?」

「仕方ないんじゃないですか。搬送中、水槽の管理をお願いしましょう」

今回は仕事ではないが、このクルマの将来の活用策を検討する上で、貴重なサンプルケースになるのではないか。それに、ちょうどよい機会だ。黒河内建設のお偉方に、ダムの現場で現場監督の野尻の世話になったことを伝えることができる。担当に伝えておくと野尻に約束してしまったのだから。

「よかった。じゃ、そう連絡しておきます」

ほっとしたように声が弾んだ。多智花は黒河内に嫌悪感を持っていると思っていたが、それほどでもないのか、もしかしたら今や好感らしきものを抱いているのか、浜浦には判定が難しい苦手分野だった。

「念のためですが、これも業務として行うと違法になりかねません。あくまで、人助けの一環ですからね」

「もちろんです。実費程度のお礼しかいただきません」

口ぶりから、多智花にはすでに目算があるようなので、それ以上の口出しはやめた。

「でも、どうしてわれわれに依頼するんでしょうね。あの方の立場なら、いくらでも方法はあるでしょうに」

「そこですよね。どうやら、もう一度会いたいみたいですよ、浜浦先生に」

「先生？」

黒河内は浜浦の過去を知らないはずだ。

「この間の出会いで、彼もいろいろと学ぶところがあったんじゃないですか。口には出さないですが、何となく伝わってきますね」

本当だろうかと思ったが、言葉にはしなかった。

「佐堀さんがうまく働いているか気になると言ってました。あの黒河内さんがですよ。それって、意外じゃないですか」

黒河内が佐堀のことを気にかけている。どういう風の吹き回しか。疑問がなくはないが、多智花の言葉に、なぜか単純にうれしくなった。

「わたし、浜浦効果って名づけました。浜浦さんと一緒にいると、みんなどこかしら感化されるんですよ」

お釈迦さまでもあるまいし、そんな、人に影響を及ぼすカリスマ性のようなものなど、これっぽっちも持ち合わせていない。前回の出会いで黒河内が何かを感じ、会得するものがあったとしても、それは浜浦の力ではなく、もともと黒河内が変わろうとしていたからに違いない。浜浦との出会いは、単にきっかけとなっただけだ。

多智花はスマホを耳に当て、黒河内に連絡を入れ、すぐに切った。大勢《たいせい》は決められていたのだろう。

クルマが混んできたと思ったら、前方に西宮の料金所が見えてきた。名神高速もいよいよ終点だ。料金所のゲートを通過し、ナビの音声指示に従って出口から国道四十三号に出た。

「カーナビは甲子園球場にセットしてます。案内を中止しますので、ご自宅までの道案内をお願いします」

多智花は的確に指示を出し、キャンピングカーを国道より海側の住宅地に誘導して、六メートル幅の市道沿いにある小ぶりのマンションの前まで導いた。その間、多智花の声が少しずつ小さくなっていく。

「ここでいいですか」

「はい」

消え入りそうな返事があった。

「イチゴと野菜を忘れないように」

多智花は助手席から降りようとしなかった。

何か思いがあるのだろうか。浜浦は黙って待つことにした。

周囲はマンションと戸建ての並存地域で、静かで落ち着いた街並みを現出させている。人通りは少なく、先ほどユニフォーム姿の自転車の子どもたちが通っただけだった。好天の日曜日なので、多くの家族が遠出を楽しんでいるのではないか。

「あのう、浜浦さん」

多智花の口が重そうに開いた。

浜浦は声を出さず、うなずいて返した。

「ちょっと聞いていただけますか。わたし……この旅行の少し前から生涯で最もひどい事態に直面してたんです。ほんとにどうしたらいいのか。今後、どう生きていこうかと深刻に悩んでました。なぜ、わたしだけがこんな目に遭うのか、世間に腹を立ててもいました。

それで、ほとぼりが冷め、何らかの答えが出るまで、こちらに帰ってきたくなかったんです。浜浦さんから、キャンピングカーで一緒に帰ろうと誘われて、救われた思いでした。少しでも帰宅時間を先延ばしすれば、そのうち答えが見つかるんじゃないか、そんな気がしたんです。

でも、浜浦さんと一緒に旅をしているうちに、わたしの悩みなんてどうでもよくなってきたんです。このクルマに乗っている間に、いろんな人の生き方を見せていただきました。自分の悩みはそれほど特別な水準ではなく、生きていたら当たり前のことだと気づきました。心の重荷が少しずつ減っていき、覆っていたベールが一枚ずつ剝がれていくように、少しずつ軽やかな気分になっていきました。今では胸の内に負担はほとんどなく、晴れやかに近い心境です。わたしにも浜浦効果が現れてきたせいでしょう。本当にありがとうございました」

多智花は生真面目な口調で語り、最後に二度ほど頭を下げた。

「そんなに悩んでおられたのですね。何も知らなくて申し訳ありません。悟ることさえできませんでした。それだけでも、教師に戻る資格はありませんね」

不甲斐ない自分に内心で幻滅していた。

「いえ、浜浦さんと一緒に旅ができて本当によかったと思っています。わたしの悩みに直接的なアドバイスはなくても、いろいろな場面で充分に教えていただきました」

多智花は悩みの元凶を打ち明けようとはしないので、浜浦もそれ以上、問うつもりはなかった。人には語れないこともある。ただ、語れないのに、傷口には気づいてほしいのが人間なのだ。

「今は本当に、すっきりしているのですか」

「もう大丈夫です。今度、奴に会ったら、浜浦流の相手の嫌がることをぶつけてやろうかな」

多智花は笑った。その笑顔に屈託はなかった。奴が誰かは知らないが、何にせよ、心が通じ合うことを祈った。

「わたしからもひと言いいですか。わたしこそ、この旅で多智花さんとご一緒できて、何かが変わったのではないかと感じています。ギヤを一速上げたかの如く、ポジティブになったように思うのです。この十年来のわたしなら、どの出来事への対処ももっと消極的だったでしょう。前向きに対応し、しかも、それが嫌々でも渋々でもなくできた。自分でも驚きでした。そのことが、京都での新事実の判明に繋がっていったのではないか。そんな風にも思えるのです。そして、それらはすべて、あなたと会い、ともに旅をしたお陰なのです。知らずしらずのうちに、あなたの発するエナジーに影響を受け、わたし自身、変化をしていくことができた。お礼をいうのは、間違いなくわたしのほうです。本当にありがとう」

浜浦の言葉が心のどこかに刺さったのか、多智花は、口を開けたまま涙を一筋流した。

イチゴと野菜の入った段ボール箱を降ろし、マンションの玄関前で多智花と別れた。野菜は多智花の強い意向で、半分はクルマに残っている。いただいた人に悪いので、少しは食べるべきという理屈には反論できなかった。火曜日の詳しい予定は、明日、連絡を取り合うことになっている。

クルマを発進させると、多智花は手を振って見送ってくれた。最後の最後に、多智花に心中の思いを伝え、礼を言えてよかった。それさえ、多智花の吐露が先にあったればこそで、あれがなければ、浜浦から言い出すことはまずなかったろう。

この位置からなら、カーナビを入れることもなく、西国街道と呼ばれる国道一七一号を通って自宅のある川西市方面へ向かうことができる。何度かハンドルを切って、西国街道まで走り、クルマの列にキャンカーを潜り込ませることができた。

クルマの流れに任せてゆっくりと進む。自然とこの四日間のことが、脳裏に浮かんでは消えていく。突然の勤め先消滅、キャンピングカーの入手、瀬田川夫人や多智花との出会い、キャンカーを使っての東京方面への旅等々。

瀬田川夫人と黒河内からは多智花に連絡があったが、他の人々はどうしているのだろう。幸也くんとスマッシュは、笠井家のみんなと打ち解けただろうか。真崎亜希子さんと赤ちゃんは元気にしているのか。母子ともに無事でいてほしい。黒河内も心配していた佐堀はどうなったか。うまく望む仕事にありつけていればよいのだが。こうしたことが次々と頭をよぎっていく。長い間避けてきた、人への興味が戻りつつあることを実感していた。

そして、何よりも重要だった出来事は、真鍋健一の自殺原因が、浜浦のパワハラではなく、別の事柄によるものとの報告を真鍋夫妻から受けたことだ。もし、このことが正式に認められるとなると、今後の生き方に新たな可能性が生じるだろう。

新たに判明した事実を、岡山の元妻と娘にいつ連絡しようか少し迷った。今すぐにでも伝えたいと逸る気持ちを抑えて、冷静になろうと努めた。ぬか喜びさせてもよろしくない。懲戒解雇の取り消しが確定してからでも遅くはないと思い直した。それに、素直に喜んでくれればよいが、今の生活に波風を立ててほしくないと思うかもしれなかった。浜浦の一方的な思いを押しつけるようなことがあってはならない。そう、自重自戒の念を改めて強くした。

人生も終盤に来て、最後の大きな分岐点に立っているのかもしれない。この三泊四日の旅を契機に、運命の針路が変わろうとしているのではないか。それもこれも、このキャンカーを手に入れたことが発端となっているように思えた。

信号で止まったとき、トリップメーターを確認してみた。三日前に川西市を出発してから、総走行距離、千二百五十九キロに達していた。還暦にしては、よく頑張ったほうではないか。

還暦とは、干支が六十年で生まれた年と同じものに還ることから、数えで六十一歳のことをいう。華甲《かこう》という雅《みやび》な言い方もある。華の字を分解すれば六十一になり、甲は甲子《きのえね》を指し、干支の一番で、最初に還るという意味があるそうだ。人生のやり直しをするのにふさわしい年なのかもしれない。

前のクルマが動き出す。浜浦もブレーキから足を離しキャンカーを前進させる。『取らぬ狸の皮算用』となってもいけないが、もしも退職金が復活すれば、娘の大学進学に伴う費用を差し引いても、手もとにいくらかは残るだろう。無論、苦労をかけた妻にも相応の金額を渡すのが先だが。その上で、幾ばくかでも残れば、新たな人生の旅立ちに投入できるのではないか。

このまま朽ち果ててなるものか。腹の奥底で何者かが叫んでいる。そのような叫び声を聞いたのは何年ぶりだろう。一度、世を捨てた身だが、再度、這い上がってみるのもありかもしれない。

折しも、浮き雲の合間から顔を覗かせた太陽が、フロントガラスにきらめく光の粒子を降り注いだ。街路樹も青葉風になびき、ぴかぴかとした緑をまき散らす。天も浜浦の前途を祝福してくれている。そう感じ、久しぶりに笑みがこぼれそうになったが、うまく頬が上がらず、内心で苦笑をするしかなかった。

クルマはゆっくりながら進んでいく。すでに西宮市から尼崎市の端をかすめ、伊丹市に入っていた。陸上自衛隊の駐屯地も過ぎて、次の交差点で左折すれば川西市の自宅は間もなくだ。いつものガソリンスタンドに寄って、副所長と牧田に野菜のおすそ分けをしよう。

前の軽自動車がスピードを上げ、前方が空いた。青信号が変わる前に曲がろうと、浜浦も愛車キャンカーのアクセルを踏み込んだ。

（了）

あとがき

長く生きていれば、いろいろなことがありますが、時には思わぬ福の神が舞い込んでくることもあります。本書の出版もまさにその一例で、こつこつと書いていたものに突如として陽が当たり、関係者のご尽力で世に出すことができました。感謝しかありません。

表題にあるジャンクションとは、高速道路などの分合流点を指す用語ですが、これまで走ってきた道から進路を変更することができる場所です。どの道を選べばどこに到達するか。行先は、今やカーナビなどで、簡単に確認することができるようになりました。

人生にも何度かの分岐点らしきものがありますが、どれを選べばどこへ向かうのか、道路のように明確ではありません。わが敬愛する故アントニオ猪木さんお

気に入りの『道』*という詩の最後には、『迷わず行けよ　行けば分かるさ』とあります。地図やナビがなくても行けば分かるのですから、迷ってばかりいずに、一歩を踏み出せとの教え。これも一つの考え方です。

何かのちょっとしたきっかけで、人生の方向が大きく変わってしまうこともあります。本書では、その辺りに焦点を当ててみました。心を閉ざした還暦の男が、予期せずキャンピングカーを手に入れたら、さあ、どんなことが起こるでしょう。先に何が待っているか分からないけれど、事件が起こる都度、相方の助けを借りて行くべき道を決めていく。進むにつれ、還暦男の心に変化も。そんな物語になりました。

読者の貴重なお時間を割いていただく以上、後味のよい物語になりますようにと願いを込めながら綴りました。なので、この本を手に取り読まれた方にも、きっと幸せが待っています。この先、いいことばかりが続くのではないでしょうか。知らんけど。

*猪木さんは一休禅師の作だと思っていたようですが、実際は清沢哲夫さんという哲学者の作品が改変されたもののようです。原作では「わからなくても　歩いて行け　行けばわかるよ」となっています。

なお、本書を構想するきっかけになったのは山口理氏の著書『愛犬との旅』（WAVE出版）を読んだことでした。還暦を迎えた著者が愛犬とともにキャンピングカーで日本を一周する内容には大いに触発されました。ここに記して謝意を表します。

本書の出版にあたり、ディスカヴァー・トゥエンティワンの皆さま方には大変お世話になりました。中でも、藤田浩芳さま、橋本莉奈さまには、当初から貴重なご助言を賜り、刊行までの時間を支えていただきました。心からお礼を申し上げます。

二〇二二年十一月　香住　泰

本書はフィクションであり、
実際の人物や団体等とは一切関係ありません。

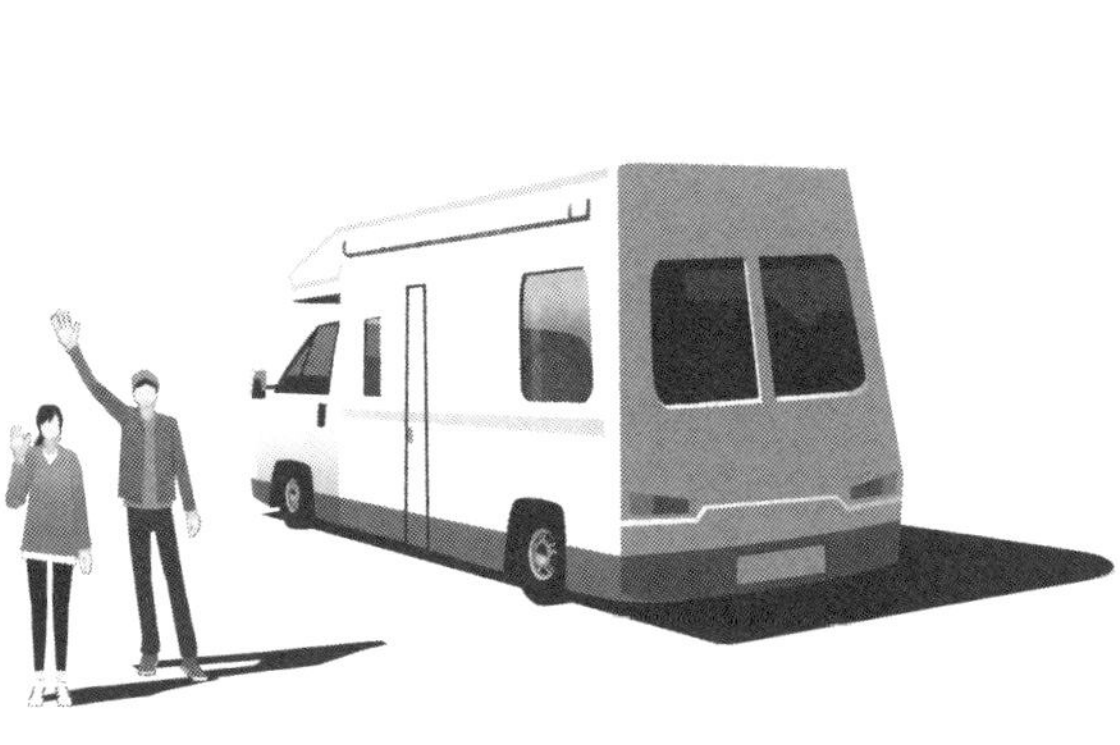

幸せジャンクション ── キャンピングカーが運んだ小さな奇跡

発行日　2023 年 1 月 27 日　第 1 刷

Author　**香住 泰**

Illustrator　生田目和剛
Book Designer　千葉優花子（next door design）

Publication　株式会社ディスカヴァー・トゥエンティワン
〒102-0093　東京都千代田区平河町2-16-1 平河町森タワー11F
TEL　03-3237-8321（代表）　03-3237-8345（営業）
FAX　03-3237-8323　https://d21.co.jp/

Publisher　谷口奈緒美
Editor　藤田浩芳　橋本莉奈

Sales & Marketing Group
蛯原昇　飯田智樹　川島理　古矢薫　堀部直人　安永智洋　青木翔平　井筒浩　王廳　大﨑双葉
小田木もも　川本寛子　工藤奈津子　倉田華　佐藤サラ圭　佐藤淳基　庄司知世　杉田彰子　副島杏南
滝口景太郎　竹内大貴　辰巳佳衣　田山礼真　津野主揮　中西花　野﨑竜海　野村美空　廣内悠理
松ノ下直輝　宮田有利子　八木眸　山中麻吏　足立由実　藤井多穂子　三輪真也　井澤徳子　石橋佐知子
伊藤香　小山怜那　葛目美枝子　鈴木洋子　町田加奈子

Product Group
大山聡子　藤田浩芳　大竹朝子　中島俊平　小関勝則　千葉正幸　原典宏　青木涼馬　伊東佑真　榎本明日香
大田原恵美　志摩麻衣　舘瑞恵　西川なつか　野中保奈美　橋本莉奈　林秀樹　星野悠果　牧野類　三谷祐一
村尾純司　元木優子　安永姫菜　渡辺基志　小石亜季　中澤泰宏　森遊机　蛯原華恵

Business Solution Company
小田孝文　早水真吾　佐藤昌幸　磯部隆　野村美紀　南健一　山田諭志　高原未来子　伊藤由美　千葉潤子
藤井かおり　畑野衣見　宮崎陽子

IT Business Company
谷本健　大星多聞　森谷真一　馮東平　宇賀神実　小野航平　林秀規　福田章平

Corporate Design Group
塩川和真　井上竜之介　奥田千晶　久保裕子　田中亜紀　福永友紀　池田望　石光まゆ子　齋藤朋子
俵敬子　宮下祥子　丸山香織　阿知波淳平　近江花渚　仙田彩花

Proofreader　文字工房燦光
DTP　株式会社RUHIA
Printing　中央精版印刷株式会社

ISBN978-4-7993-2925-2

最後までお読みいただき、ありがとうございます。
本書を通して、何か発見はありましたか？
ぜひ、感想をお聞かせください。

いただいた感想は、著者と編集者が拝読します。

また、ご感想をくださった方には、お得な特典をお届けします。